PALMA

OU

LA NUIT DU VENDREDI SAINT

DRAME EN CINQ ACTES

PAR

MM. OCTAVE FEUILLET ET PAUL BOCAGE

REPRÉSENTÉ POUR LA PREMIÈRE FOIS, A PARIS, SUR LE THÉATRE DE LA PORTE SAINT-MARTIN, LE 24 MARS 1847.

DISTRIBUTION DE LA PIÈCE

MAITRE PALMA (25 ans).	MM. CLARENCE.	LE MARQUIS	MM. POTONNIER.
CHRISTIAN (55 ans).	JEMMA.	JUSTUS.	DUBOIS.
FRANZ (27 ans).	DESHAMPT.	UN DOMESTIQUE	NÉRAUT.
D'ARNHEIM (50 ans).	MARIUS.	CHRISTEL.	Mmes GRAVE.
BEN SAMUEL.	TOURNAN.	GERTRUDE (43 ans).	HALLEY.
HERMANN.	BENJAMIN.	BRIGITTE.	GÉNOT.
LE PRINCE.	MULLIN.	ROSCHEN.	DAROUX.

ACTE I.

L'Auberge de la Passion.

Grande salle d'une auberge pauvre. Porte à gauche, premier plan. Porte au fond et une fenêtre avec ses volets. A droite, une cheminée à manteau et une lampe de fer. A gauche, une table, escabeaux de bois, un tronçon d'épée suspendu au mur à gauche. Des éclairs blanchissent par instant les vitraux. Au dehors, le vent et le tonnerre. Il fait nuit.

SCÈNE I.

BRIGITTE, *filant à son rouet, près de la cheminée*; ROSCHEN *assise à sa gauche*; *quelques femmes à sa droite, travaillant*; JUSTUS, *fils de Brigitte, assis dans l'âtre, sous le manteau de la cheminée.*

BRIGITTE.

Ah! c'est une effrayante histoire, mes petites, et je n'aime pas à la conter. Mon mari... pauvre homme! la contait souvent; mais il en était malade toutes les fois, et c'est un souvenir qui a avancé sa fin.

ROSCHEN.

Ah! contez-nous-la, dame Brigitte, contez-nous-la...

BRIGITTE.

Oui... oui.... ma petite Roschen, j'ai été comme toi dans mon temps : je voulais toujours entendre à la veillée des histoires terribles... parce qu'alors on tremble... on a peur... et on se rapproche des jeunes garçons!...

ROSCHEN.

Oh! ce n'est pas pour cela, dame Brigitte... puisqu'il n'y a pas de garçons ici.

JUSTUS, *de son coin.*

Bon! Et moi donc, Roschen, pour quel animal me prenez-vous, mademoiselle?

ROSCHEN.

Vous, monsieur Justus!... Tenez, dame Brigitte, j'ai peur que ma mère ne veuille jamais de votre fils Justus pour gendre. Elle me disait encore hier qu'il passe sa journée à brusquer les voyageurs, et le soir à dormir sous la cheminée, comme un grillon; et c'est vrai.

JUSTUS.

Sûrement, c'est vrai... Le jour, je brusque les voyageurs, parce qu'ils m'ennuient, et le soir, je m'assieds sur l'âtre pour écouter aser les femmes, parce que cela m'amuse.

ROSCHEN.

Quel bourru!

JUSTUS.

Vous me tourmentez... je réponds!

ROSCHEN.

Dormez... je ne vous parle pas! Quel temps! encore un éclair... il me semble que l'orage approche. Est-ce que c'est vrai, dame Brigitte, qu'on voit toujours les éclairs, même quand les volets sont fermés?

BRIGITTE.

Oui, ma fille... (*Baissant la voix.*) On dit que les morts même voient les éclairs dans leur tombeau.

JUSTUS.

Ah! pour ça, personne ne le sait!

ROSCHEN.

Impie! fi! Justus... un homme qui tient l'auberge de la Passion... une auberge dont le nom est saint, ne pas montrer plus de respect pour les choses saintes... et pour sa mère quand elle en parle!

BRIGITTE.

Bien, ma Roschen... Pour vous punir, vous, Justus, et pour te récompenser, toi, petite, je vais vous dire cette histoire. Il est temps que tu saches, mon fils, d'où est venu son nom à cette auberge, qui est la tienne...

ROSCHEN.

Oh! quel bonheur! le nom de l'auberge et de l'histoire, cela ne fait qu'un... je m'en doutais!

JUSTUS, *qui s'est approché de sa mère.*

Je veux bien écouter; mais si c'est un conte de revenant, je n'y crois pas, d'abord!

BRIGITTE.

Tu y croiras, mon fils; car ton père l'avait vu, et il est mort jeune pour l'avoir vu. Il y a sept ans, en 1588, nous demeurions, ton père et moi, à deux lieues d'Inspruck... à vingt lieues d'ici... Dans la nuit du Vendredi-Saint, presque à la porte de notre auberge... un horrible assassinat fut commis...

ROSCHEN.

Ah! dame Brigitte... mais c'est la fin, cela.. Vous n'auriez dû nous dire cela qu'à la fin.

BRIGITTE.

C'est que je ne sais si j'aurai le courage d'aller jusqu'au bout, ma fille... Ainsi, c'était la nuit du Vendredi-Saint... heure pour heure... celle où je vous parle... un voyageur était entré pour souper dans notre auberge... C'était un homme de quarante ans à peu près... qui avait l'air d'un noble seigneur. Il allait repartir, quand l'orage éclata... Il demanda une chambre et s'y retira. Mon mari et moi, nous n'osions nous coucher... car la maison tremblait, les fenêtres craquaient... C'était vraiment, comme celle-ci, une nuit de sabbat... et il y avait des bruits horribles tout autour de nous... A chaque éclair nous faisions un signe de croix en nous regardant. Tout à coup... on frappa violemment à la porte... Alors, mon mari et moi, nous nous levâmes, en nous demandant des yeux si nous devions... (*On heurte fortement à la porte du fond; tous se lèvent avec inquiétude.*) On a frappé.

ROSCHEN.

Oui, mère Brigitte.

JUSTUS.

Eh! non, c'est le vent!

BRIGITTE.

Va ouvrir, mon fils.

JUSTUS.

Mais, ma mère, c'est le vent! (*On heurte de nouveau.*)

BRIGITTE.

N'êtes-vous pas honteux, Justus?

JUSTUS.

Puisque je suis certain que c'est le vent... Et d'ailleurs, je n'ai pas entendu, moi!...

ROSCHEN, *allant ouvrir.*

Ah! l'esprit fort!... J'y vais, moi... (*Elle ouvre la porte. Entre Johann Palma.*)

SCÈNE II.

LES MÊMES, JOHANN PALMA.

PALMA.

Pardon, bonne mère, cette nuit est mauvaise, et je crains de m'être égaré. Je suis bien à Borghetto?

BRIGITTE.

A Borghetto? oui, monsieur.

PALMA.

Sur la frontière d'Italie?

BRIGITTE.

Et d'Autriche, oui, monsieur.

PALMA.

Il n'y a pas, aux environs de Borghetto, d'autre auberge que celle-ci?

BRIGITTE.

Ce pays est un peu désert, monsieur; je ne connais point d'auberge à une lieue à la ronde.

PALMA.

N'avez-vous point reçu dans la journée, ou ce soir, deux voyageurs venant d'Italie?

BRIGITTE.

Non, monsieur: le temps est rude; aucun voyageur n'est passé par Borghetto aujourd'hui.

PALMA, *à part.*

Si Dieu pouvait leur faire oublier à jamais mon chemin!... (*Haut.*) Donnez-moi, je vous prie, ma bonne dame, du papier, de l'encre... je vais écrire... et du vin, si vous voulez... (*Il s'assied à la table à gauche, le dos tourné au mur. Roschen le sert... Il commence à écrire. Les femmes et Justus reprennent leur place auprès de Brigitte, qui se rassied.*)

ROSCHEN.

Vous disiez, dame Brigitte, que votre mari et vous, vous vous regardiez sans savoir si vous deviez ouvrir.

BRIGITTE.

Oui, Roschen... mon mari s'y décida... (*A Palma.*) Nous ne vous gênons pas, monsieur?

PALMA.

Nullement. (*Il écrit.*)

BRIGITTE.

Alors nous vîmes entrer trois cavaliers masqués. Au moment de leur entrée, le seigneur qui avait soupé chez nous descendait de sa chambre et demandait son cheval; car la pluie avait cessé. Les trois nouveaux venus, dès qu'ils le virent dehors, quittèrent en hâte notre auberge..... Je me sentis tout effrayée, sans savoir pourquoi, et je courus à la porte... Alors un des cavaliers masqués, celui qui paraissait commander aux deux autres, quoiqu'il n'eût rien à payer, me mit un florin d'or dans la main, en me disant: « Voici pour vous, femme; vivez en paix... » (*Palma écoute avec terreur, les yeux fixés sur Brigitte.*) Tout cela me parut si étrange... que je me jetai à genoux, mes petites, et que je me mis à prier... et je dis à mon mari: « Je t'en prie, monte sur le petit coteau, où la route tourne... de là on voit très-loin, et tu verras s'il ne se passe rien... » La nuit était noire à ne pas se conduire; mais mon mari, pour me rassurer... alla sur le coteau... (*L'agitation de Palma devient effrayante. L'orage redouble au dehors.*)

ROSCHEN.

Et, qu'est-ce qu'il vit, dame Brigitte?

BRIGITTE.

Il vit quelque chose, ma pauvre fille, dont le souvenir seulement lui faisait claquer les dents, comme s'il avait eu la fièvre. Il y avait, à peu près à trois cents pas du coteau... une grande croix au bord de la route, et sur les marches de la croix un reste de feu que quelque mendiant avait allumé pour se sécher... cela faisait une lumière rouge à cet endroit du chemin... Tout à coup, comme le seigneur à cheval passait devant ce feu... les hommes masqués qui l'avaient suivi se jetèrent sur lui; mon mari le vit tomber... puis un des misérables le tenait, tandis que l'autre le frappait... Mon mari voyait l'épée se relever et retomber sur le pauvre corps!

ROSCHEN.

Ah! mon Dieu!... (*Le visage de Palma indique une émotion terrible.*)

BRIGITTE.

Et il disait, mon mari, que ce n'était pas les deux assassins qui étaient les plus effrayants à voir... mais leur compagnon, le troisième, un grand homme noir... qui, pendant le meurtre... se roulait sur les marches de la croix, en la secouant de ses deux bras comme pour l'arracher.

ROSCHEN.

Oh! le misérable!...

PALMA, *grelottant de tous ses membres, répète entre ses dents:*

Le misérable...

BRIGITTE.

Ecoute, ma fille, écoute l'orage!... ce sont des histoires qu'il ne fait pas bon conter, vois-tu, je te le disais bien.

ROSCHEN.

Mais le seigneur... ce malheureux seigneur, dame Brigitte?...

BRIGITTE.

Ce fut dans notre auberge qu'on l'apporta; à côté de lui, on avait trouvé une épée brisée... Et, tenez, mes petites, c'est celle qui est là, pendue au mur, derrière l'étranger. (*Brigitte indique du doigt le tronçon d'épée; toutes les têtes se tournent du côté de Palma. Palma se retourne lui-même lentement avec effroi. Au même instant, un éclair, un coup de tonnerre violent; une forte rafale ouvre les volets avec fracas; la vieille épée tombe. Toutes les femmes se lèvent en poussant un cri... Palma, éperdu, s'élance vers les volets, les ferme vivement et s'y tient adossé, les yeux égarés... Voyant tous les regards fixés sur lui avec épouvante, il paraît honteux de son trouble, s'approche de Roschen, lui prend les mains et lui dit en riant:*)

PALMA.

Eh! bien! mon enfant... vous avez eu grand' peur de ce coup de vent?...

ROSCHEN.

Mais, sauf respect, pas plus que vous, monseigneur; vos mains sont toutes tremblantes...

PALMA.

Moi, jeune fille, j'ai voyagé sous la pluie toute la soirée; cette chambre est glaciale, d'ailleurs, et...

JUSTUS.

C'est la plus chaude de la maison; mais, si monseigneur se remet en route, il se réchauffera vite en marchant.

PALMA.

Vous avez raison, et je vais repartir. Ecoutez, madame... (*Il va prendre sur la table le billet qu'il a écrit.*) il est possible que, dans la nuit, ou demain matin, deux voyageurs venant d'Italie se présentent ici... S'ils s'informent du peintre de Bohême... retenez cela... du peintre de Bohême... vous leur remettrez ce billet... (*Il le plie.*)

JUSTUS, *ouvrant la porte avec empressement.*

Bon voyage, monseigneur. (*Au moment où Palma va sortir, Christian et Franz paraissent.*)

SCÈNE III.

LES MÊMES, CHRISTIAN, FRANZ*.

PALMA, *à part.*

Ce sont eux!

CHRISTIAN.

Salut, maître Palma!

BRIGITTE, *regardant Christian avec effroi, à part.*

Cette voix...

PALMA.

Salut, messieurs...

BRIGITTE.

Cette tournure... que Dieu nous protège! (*Timidement à Christian.*) Pardon, monsieur, j'ai connu, il y a quelques années, à Inspruck, quelqu'un... Vous avez été à Inspruck, monsieur?

CHRISTIAN.

Jamais, brave femme, je n'ai jamais quitté l'Italie... Laissez-nous seuls, s'il se peut.

BRIGITTE.

Oui, monsieur, oui. (*Aux femmes.*) Allez, mes petites... va Roschen, il est tard... Justus, reconduis-les...

ROSCHEN.

Bonne nuit, dame Brigitte. (*Roschen, Justus et les femmes sortent par le fond, en disant :* Bonne nuit, dame Brigitte.)

BRIGITTE.

C'est une horrible ressemblance... Que Dieu me protége!

CHRISTIAN, *à Brigitte.*

Laissez-nous. (*Elle sort par la gauche.*)

SCÈNE IV.

PALMA, CHRISTIAN, FRANZ **.

PALMA.

Je vous avais écrit, ne vous attendant plus.

CHRISTIAN.

Et d'abord, maître Palma, je vous dirai que l'on parle de vous très-honorablement en Italie. On vous compare déjà à vos deux illustres homonymes vénitiens... puis on estime vos œuvres presqu'à l'égal de celles de Van-Dyck et de Rubens.

PALMA.

Que m'importe!

CHRISTIAN.

Eh! mais, cela me flatte, moi, infiniment!

PALMA.

Vous?

CHRISTIAN.

Moi et mon fils Franz. (*Franz s'incline.*) Car votre réputation, mon jeune maître, nous garantit la prospérité de votre fortune.

PALMA.

De ma fortune dont vous faites la vôtre. Je comprends..... Voici des billets : c'est la somme que vous m'avez demandée... C'est le prix de mes travaux depuis trois ans... depuis que nous ne nous sommes vus... prenez, monsieur...

CHRISTIAN, *prenant les billets.*

Je conçois vos dédains, maître Johann; sans parler des sentiments qui vous disposent à mal juger nos actes, il est naturel que vous ressentiez du mépris pour ces mains inactives, quoique fortes encore, qui recueillent ce que les vôtres ont gagné... cela est naturel... Un jour viendra où, mieux informé, vous jugerez mieux.

PALMA.

Ou ce jour est venu, messieurs, ou il ne viendra jamais.

CHRISTIAN.

Qu'est-ce à dire?

FRANZ, *se levant.*

Expliquez-vous, maître?

PALMA.

Il me faut aujourd'hui votre secret; sinon vous pourrez arranger votre vie à votre guise, mais vous l'arrangerez sans moi, s'il vous plaît!

CHRISTIAN.

Il ne nous plait pas.

PALMA.

Écoutez, monsieur : depuis sept ans, vous savez ce que vous avez fait de ma vie. J'étais inconnu alors... je vendais à peine, de loin en loin, quelques tableaux; j'étais pauvre, enfin, et j'avais de plus à lutter contre ces fantômes de l'esprit qui attendent tout homme au début de la vie, tout artiste au début de son art. Ma mère, pauvre femme aveugle et souffrante, faisait mes devoirs plus pesants, mais plus doux aussi. Cette vie n'était pas heureuse, sans doute; mais, grâce à vous, elle m'apparaît maintenant comme une époque fortunée, pour laquelle mon cœur ne peut avoir trop de regrets.

CHRISTIAN.

En quoi cette vie est-elle changée?

PALMA.

Vous le demandez?... Ce fut au milieu de cette heureuse misère que m'arriva l'avis mystérieux par lequel vous me mandiez à cette auberge près d'Inspruck... C'était dans cette nuit du Vendredi-Saint, dont votre vue m'a renouvelé plus d'une fois le sombre anniversaire. Vous me fîtes vous suivre : et je fus témoin du crime... témoin et non complice... vous le savez... car vous aviez eu soin de me cacher vos desseins... Le meurtre était commis avant que ma pensée eût pu même le soupçonner... et vous savez aussi quel terrible désespoir il vous fallut vaincre pour m'emmener de cette place... plus pâle que votre victime elle-même...

CHRISTIAN.

Je le sais... Ensuite?

PALMA.

Vous aviez, me dites-vous, une raison pour me faire assister à cette vengeance... comme vous l'appelez...

CHRISTIAN.

J'avais une raison.

PALMA.

Mais vous avez refusé de me la dire, et, tout innocent que je sois, depuis cette date maudite, le remords est devenu l'hôte inséparable de mes nuits... le compagnon assidu de mes veilles amères, et d'un sommeil qui n'est jamais le repos, jamais l'oubli.

CHRISTIAN.

Allons, maître, au lieu de vous frapper l'esprit de cette scène regrettable, que n'en faisiez-vous un tableau?... Une croix au fond d'un ravin... un reste de feu sur les marches... un homme qu'on assassine... il y a là un tableau, ou je me trompe fort... Et d'ailleurs, savez-vous même si cet homme est mort?... On revient tous les jours d'un coup d'épée...

PALMA, *vivement.*

Il n'était pas mort?...

CHRISTIAN.

Peu importe... Tant pis pour lui, s'il ne l'était pas... Mais achevez...

PALMA.

Depuis ce temps, monsieur, il semble, à la vie que nous avons menée l'un et l'autre... que vous soyez l'innocent et moi le coupable. Le remords de votre crime est pour moi... la fortune que je gagne par mon travail est pour vous... Jusqu'à présent, je me suis laissé dépouiller avec résignation... Pour être délivré de vous, de vos obsessions, des folles terreurs où, je l'avoue, votre vue seule me jette, j'ai obéi comme un enfant à vos exigences... mais c'est trop de faiblesse et de patience; vous m'enlevez la seule consolation qui eût pu me rester, celle d'entourer d'honneurs et de richesses l'infirme vieillesse de ma mère... C'est trop, vous dis-je!... Refusez-vous de me confier le secret de ce meurtre ou de cette vengeance?

CHRISTIAN.

Cette vengeance était juste, et, pour qu'elle fût complète, vous deviez en être le témoin... C'est tout ce que je puis vous dire maintenant.

PALMA.

C'est tout?

CHRISTIAN.

Rien de plus.

PALMA.

Eh bien! gardez votre secret, je reprends ma liberté... Vous aurez beau m'évoquer désormais, je ne viendrai plus.

CHRISTIAN.

Soit, nous irons chez vous.

PALMA.

Alors je parlerai, et justice sera faite.

CHRISTIAN.

Non, vous ne parlerez pas!

PALMA.

Je parlerai, et justice sera faite!

CHRISTIAN.

Non, vous dis-je : la raison qui a lié votre langue jusqu'à présent la liera toujours!

PALMA, *avec désespoir.*

Oui... toujours, toujours!... et vous le savez trop!... Vous savez trop qu'aucune torture ne pourrait me faire rompre ce silence que m'impose un devoir sacré... Mais, dites... quelque voix accusatrice, à défaut de la mienne, ne peut-elle se lever contre vous du fond de ce passé?

CHRISTIAN.

Allez, jeune homme... je sais ce que je fais.

PALMA, *baissant la voix.*

Et savez-vous où vous êtes, ici? Chez votre hôtesse d'Inspruck... Savez-vous quelle épouvantable histoire elle contait tout à l'heure à ses enfants?... La vôtre et la mienne!... Voyez-vous cette épée... là, à vos pieds?... Reconnaissez-vous la rouille qui la couvre?...

CHRISTIAN *.

Étrange rencontre!...

FRANZ.

Fort étrange!...

PALMA.

Eh bien! monsieur, cet avertissement que Dieu jette sur votre chemin, écoutez le... Mettez entre vous et cet affreux souvenir la distance d'un monde... partez, partez pour jamais, et, en quelque lieu que vous soyez...

CHRISTIAN.

C'est assez. . Loin de songer à m'éloigner au delà des mers... je rentre en Autriche...

PALMA.

En Autriche?...

CHRISTIAN.

Une affaire nous y appelle...

PALMA.

Une affaire ?...

CHRISTIAN.

Oui... un parti se présente pour Franz... et j'établis ce garçon...

PALMA.

C'est donc à moi de partir, messieurs... il suffit... Adieu!

CHRISTIAN.

Au revoir, mon jeune maître!

FRANZ.

Au revoir.

PALMA.

Adieu! (*Il sort.*)

CHRISTIAN.

Au revoir!

SCÈNE V.

CHRISTIAN, FRANZ.

CHRISTIAN, *haussant les épaules.*

J'avais hâte qu'il fût parti avant l'arrivée de nos deux Italiens.

FRANZ.

Ne se pourrait-il pas que, lassé de nos poursuites... il se lassât de son silence?

CHRISTIAN.

Non, c'est une âme loyale!

FRANZ.

C'est une tête exaltée... et...

CHRISTIAN.

C'est une âme loyale, vous dis-je!..

FRANZ.

Soit... Cependant, sa vie troublée... ses souffrances continuelles pourraient...

CHRISTIAN.

C'est un honnête homme, monsieur... Assez sur lui... l'heure avance... ces étrangers devraient être ici...

FRANZ.

Êtes-vous sûr, mon père, qu'ils viendront précisément à cette auberge?

CHRISTIAN.

C'est la seule de ce pays... Ce retard m'inquiète cependant... Donnez-moi, je vous prie, ce portrait, ce portrait de femme... cette sotte relique que vous avez emportée de Rome... Il nous servira tout à l'heure, je pense...

FRANZ, *lui remettant un petit écrin.*

Le voici, monsieur.

CHRISTIAN.

Quand je songe, Franz, combien de hasards peuvent faire manquer cette rencontre si laborieusement combinée et de laquelle dépend le succès de mon unique ambition... d'une pensée si longtemps, si ardemment poursuivie..... tout mon calme, tout mon sang-froid, m'abandonnent!...

FRANZ.

Je comprends votre émotion, monsieur, à cette heure décisive... Mais je ne saurais vous dire que je la partage; jamais je ne me sentis le cœur plus vide d'espoir ou de crainte qu'en ce moment...

CHRISTIAN.

Franz!

FRANZ.

Mon père, c'est ainsi.

CHRISTIAN.

Oui, le cœur vide de ces sentiments et de tout autre, vous dites vrai!...

FRANZ.

Ne me demandez pas plus que je ne puis, monsieur. N'ai-je pas, à votre premier mot, quitté cette belle vie romaine... à laquelle je commençais de prendre goût... moi qui n'ai de goût à rien!... N'ai-je pas abandonné cette pauvre Fiorella, dont vous avez présentement le portrait.., la plus séduisante danseuse dont les Etats du pape gardent la mémoire!

CHRISTIAN.

Franz!

FRANZ.

Permettez, monsieur, n'ai-je pas quitté tout cela, sans murmurer... pour vous suivre dans votre route dangereuse? N'ai-je pas échangé, sans me plaindre, contre ces sombres montagnes, les collines romaines et leurs couronnes de jardins parfumés?... Je vous ai suivi... Que voulez-vous de plus?

CHRISTIAN.

Je n'aime pas à me plaindre, Franz; mais vous me connaissez assez pour ne pas prendre mon silence pour de l'aveuglement. Dans cet abîme où votre père est descendu, sous le poids du soupçon et de la haine publique, pensez-vous que tout votre devoir envers lui se réduise à cette insouciante docilité?... Est-ce à vous, dites, d'ajouter votre glaciale ironie aux mépris du monde... à vous qui pouvez lire sur le revers de toutes mes actions le mot qui les justifie... Tandis que je m'efforce de racheter par l'austérité de ma vie ces fautes... ces crimes mêmes, où me pousse un juste ressentiment... vous ne voyez dans ce fatal désordre de mon existence, qu'un prétexte à vous souiller sans vergogne... à épuiser dans la débauche le peu de courage avec quoi vous étiez né... Vous faites si bien, que je ne puis voir en vous un fils, monsieur, je n'y vois qu'un complice!

FRANZ, *avec amertume.*

Mon père..... quand on est forcé, comme vous et moi, de cacher au monde son nom de famille; quand on n'a qu'un nom de baptême à lui donner... le monde se défie et vous repousse... Ma vie est donc demeurée oisive... vous vous en êtes emparé pour vos desseins; c'était votre droit... un jour, vous m'avez mis une épée à la main... et vous m'avez dit : «Ferme les yeux, et frappe...» Je vous ai obéi!.. Mais, j'étais jeune, vous ne m'aviez pas transmis d'ailleurs votre indomptable fermeté d'âme... Bref, ce souvenir me troublait... il fallut me distraire : je me grisai... je ne voulais qu'assoupir ma conscience... un matin, je la trouvai noyée... Depuis ce temps, que voulez-vous?... je vis... non comme un homme... car je n'ai des hommes, ni les peines, ni les joies, ni les craintes, ni les espérances... je vis comme une ombre condamnée à errer sur vos pas, une ombre vide, en effet, de tout sentiment humain... et cela est heureux pour elle, peut-être... je ne m'en plains pas... mais, de grâce, monsieur, ne vous en plaignez pas non plus.

CHRISTIAN.

C'est bien!... vous pouvez me quitter, je vous le permets... Quand vous ne serez plus là, je n'en vivrai pas plus solitaire...

FRANZ.

Nous nous sommes fait l'un et l'autre, monsieur, un devoir unique en ce monde : le vôtre est de vous venger, le mien est de ne pas vous juger et de vous suivre.

CHRISTIAN, *lui prenant la main.*

Merci, mon fils... si je suis mauvais, ma cause est bonne...

FRANZ.

Mais, ne craignez-vous pas que ces Italiens n'aient pris une autre route?... Il est près de minuit.

CHRISTIAN.

Impossible!... Nous les suivons pied à pied depuis Rome... et c'est moi qui leur ai fait indiquer ce chemin isolé.

FRANZ.

Ces hommes sont innocents...

CHRISTIAN.

Celui qui les a condamnés en répondra... Tenez, (*Lui montrant un parchemin*) que ceci fasse taire vos scrupules.

FRANZ, *lisant.*

« Ordre du duc de Lorraine d'arrêter, morts ou vifs, le duc « Gaëtano et le marquis Portiano Guastalla, coupables de haute « trahison. »

CHRISTIAN.

Vous le voyez maintenant... Il n'y a pas de crime, ici... il n'y a plus qu'un acte de justice que d'autres bras, à défaut des nôtres, auraient exécuté... (*Il serre l'ordre.*)

JUSTUS, *au dehors.*

Par ici, messieurs.

CHRISTIAN.

Silence! les voici! (*Ils se tiennent à gauche, à l'entrée des personnages.*)

SCÈNE VI.

LES MÊMES, JUSTUS, DEUX ÉTRANGERS *.

JUSTUS.

Entrez, messieurs, c'est ici.

PREMIER ÉTRANGER, *secouant son manteau.*

Quel temps et quels chemins! Vous vivez, mon ami, dans un pays bien ridicule!...

JUSTUS.

Ce n'est pas moi qui l'ai fait.

DEUXIÈME ÉTRANGER.

Il est cependant fait à votre image, jeune homme... Mon père, voilà un vilain modèle d'hôtellerie, c'est tout à fait une caverne.

JUSTUS.

Si vous trouvez le grand chemin plus sûr... vous pouvez le reprendre.

DEUXIÈME ÉTRANGER, *riant.*

Eh bien! mon père, voilà l'hospitalité des peuples pasteurs!

PREMIER ÉTRANGER, *à Justus.*

Dites-moi, mon ami, que savez-vous faire?

JUSTUS.

Ce que j'ai appris.

PREMIER ÉTRANGER.

Ah!... Eh bien! avez-vous appris à sauter par les fenêtres?

DEUXIÈME ÉTRANGER.

Si votre éducation a été négligée sur ce point, je me ferai un plaisir de la compléter... Allons, faites sécher nos manteaux, et essuyez la boue qui couvre nos bottes.

JUSTUS.

Je suis aubergiste... et ne suis le valet de personne...

PREMIER ÉTRANGER.

Ce drôle ferait perdre patience à un Turc!... Voyons! Est-ce qu'il n'y a personne ici...

CHRISTIAN, *s'avançant avec Franz.*

Que Votre Seigneurie veuille bien me charger de son manteau... Franz, prenez celui de ce jeune seigneur. (*Christian prend celui du duc, et Franz celui du marquis.*)

PREMIER ÉTRANGER.

Vous êtes de la maison?

CHRISTIAN.

Non, monseigneur, mais...

PREMIER ÉTRANGER.

A qui en avez-vous, en ce cas?

CHRISTIAN, *bas.*

A Vos Altesses.

PREMIER ÉTRANGER, *avec dépit.*

Que veut dire?

CHRISTIAN, *à Justus.*

Laissez-nous! (*Justus sort.*)

SCÈNE VII.

CHRISTIAN, FRANZ, LES DEUX ÉTRANGERS *.

PREMIER ÉTRANGER.

Qui êtes-vous donc, monsieur, et d'où vient que vous traitez si majestueusement deux humbles négociants qui vont de Mantoue à Vienne pour leur commerce?

CHRISTIAN.

Altesse, vous êtes le duc de Guastalla, et ce jeune seigneur est le marquis Portiano de Guastalla, votre fils unique... Vos têtes sont mises à prix; vous avez des droits au duché de Mantoue, que le duc de Lorraine vous a enlevé injustement; notre empereur Rodolphe II, que Dieu garde, s'est déclaré pour vous, et voudrait vous assurer la souveraineté de ce duché, à titre de fief impérial... Vous vous rendez incognito, non à Vienne, mais au bourg d'Arnheim, chez le noble baron d'Arnheim, dont votre fils doit épouser la fille... Le baron d'Arnheim est sénéchal héréditaire de l'Empire, et en grande faveur à la cour. Il vous assure une riche dot et vous promet un magnifique héritage. En retour, vous faites sa fille duchesse souveraine de Mantoue; c'est une affaire qui a été secrètement négociée par Son Eminence le cardinal Marini... Souffrez que je baise la main de Votre Altesse...

LE DUC.

Mais qui êtes-vous enfin? que me voulez-vous?

CHRISTIAN.

Monseigneur, je suis majordome du baron d'Arnheim; j'ai vieilli dans sa maison, et, comme je crois l'avoir prouvé à Vos Altesses, il n'a point de secrets pour moi... Mon maître nous a envoyés, mon fils et moi, à la rencontre de Vos Seigneuries.

LE DUC.

Vous avez une lettre du baron?

CHRISTIAN.

Non, monseigneur; Son Excellence ne m'a remis pour vous que cet écrin. (*Il lui donne un écrin.*)

LE DUC.

Un portrait!

CHRISTIAN.

Celui de ma noble jeune maîtresse.

LE MARQUIS.

De ma fiancée inconnue?... Et cette belle enfant se nomme?

CHRISTIAN.

Christel, monseigneur... C'est un nom commun aux filles de notre vieille Allemagne.

LE DUC.

Nous avez-vous fait préparer des lits dans cette auberge?

CHRISTIAN.

Pardon, monseigneur! mais, comme il n'y a qu'une douzaine de lieues d'ici au château d'Arnheim, j'avais cru que Vos Altesses poursuivraient leur route jusque-là.

LE MARQUIS.

Mais, en effet, mon père, il me semble que cela tombe à merveille... Je ne m'habituais pas à l'idée de passer la nuit dans ce taudis.

LE DUC.

Il le faut bien cependant... Nos chevaux sont rendus de fatigue...

CHRISTIAN.

Les nôtres sont reposés... nous mènerons, à petites journées, ceux de Leurs Altesses...

LE DUC.

Eh bien! soit... (*Appelant.*) Holà! quelqu'un!

SCÈNE VIII.

LES MÊMES, BRIGITTE, JUSTUS.

LE DUC.

Madame, ne faites aucun préparatif pour nous, nous ne passerons pas la nuit ici.

BRIGITTE, *inquiète, au duc.*

Vous repartez de suite, monseigneur?

LE DUC.

Oui, madame, de suite...

LE MARQUIS.

Votre fils, ma bonne dame, nous y a fortement engagés. (*Il se dirige vers la porte avec son père.*)

FRANZ, *au fond.*

Voici les chevaux, monseigneur!

BRIGITTE, *avec une terreur croissante.*

Vous partez avec ces messieurs?

CHRISTIAN, *passant près d'elle *.*

Hé! qu'est-ce qu'il y a, la femme?

FRANZ, *de l'autre côté.*

Qu'est-ce que c'est, la mère? (*Brigitte recule effrayée. Le duc et le marquis sortent, puis Franz.*)

CHRISTIAN, *à Brigitte, lui remettant une pièce d'or *.*

Voici pour vous, femme... vivez en paix!

BRIGITTE, *accablée.*

C'est lui!... c'est lui!... ce sont les mêmes paroles... et c'est une nuit semblable... Seigneur, ayez pitié d'eux! (*Christian jette encore un regard sur Brigitte et sort. Elle tombe à genoux, joignant les mains.*)

ACTE II.

L'Artiste.

Un atelier de peintre. Tableaux, statues, objets d'art. Vaste salle, fermée au fond par une cloison vitrée qui ouvre sur une terrasse; une toile préparée sur un chevalet, à gauche. Portes latérales. Grande fenêtre, à gauche.

SCÈNE I.

HERMANN, *sur le devant à gauche, disposant des couleurs sur une palette.* BEN-SAMUEL, *remuant, et examinant des tableaux dans le fond.*

HERMANN.

Eh bien! maître Ben-Samuel?

BEN-SAMUEL.

Eh bien! monsieur Hermann, il faut voir; vous êtes donc toujours le seul élève de maître Palma, jeune homme?

HERMANN.

Le seul, oui, père Samuel... Il s'en présente tous les jours... c'est une cohue; mais nous les refusons tous.

BEN-SAMUEL.

Il est arrivé hier au soir de voyage, maître Palma; venait-il de loin?

HERMANN.

Eh! comme cela...

BEN-SAMUEL.

D'où venait-il?

HERMANN.

D'un pays!

BEN-SAMUEL.

Qui est situé?

HERMANN.

Quelque part.

BEN-SAMUEL.

Oui... mais ou à peu près?

HERMANN.

Entre cette maison... et la Chine...

BEN-SAMUEL.

C'est un peu vague... Mais que fait-il donc de tout l'argent qu'il gagne, maître Palma?... Sa façon de vivre est d'une simplicité extrême.

HERMANN.

Il fait ce qu'il veut de son argent, et moi ce que je veux de ma langue.

BEN-SAMUEL, *toujours au fond.*

Savez-vous, monsieur Hermann, qu'il faut être attaché à maître Palma comme je le suis, pour ne pas le perdre de vue dans la vie nomade qu'il mène?... Il ne séjourne jamais deux ans de suite dans le même pays... Il faut aller le chercher tantôt en Belgique, tantôt en Autriche...

HERMANN.

Puisque vous venez l'y chercher, c'est que vous y trouvez votre compte, père Samuel.

BEN-SAMUEL.

Non, c'est que je l'aime, jeune homme; j'ai pour maître Palma une affection que j'ose appeler paternelle... Est-ce tout ce que vous avez à me faire voir, mon ami?

HERMANN.

Comment! si c'est tout? il y a dans la salle en bas, que vous venez de voir, assez de chefs-d'œuvre pour orner le palais de l'empereur, entendez-vous, vieille barbe...

BEN-SAMUEL, *mystérieusement.*

Voyons, entre nous, mon cher ami, ne trouvez-vous pas que le talent de maître Palma a baissé?

HERMANN, *sur le même ton de confidence.*

Dites-moi, entre nous, mon frère, dans le pays d'où vous venez... pleut-il des coups de bâton?

BEN-SAMUEL.

Comment, mon cher enfant?

HERMANN.

C'est qu'il en pleut dans ce pays-ci... et de terribles... sur les épaules faites de ce modèle.

BEN-SAMUEL.

La la, mon fils, ne nous fâchons pas; votre maître a du talent sans doute...

HERMANN.

Du génie, frère; le plus fameux coloriste de notre temps, après Rubens.

BEN-SAMUEL.

Coloriste, soit! mais il ne finit pas... il ne dessine pas... il n'arrête pas ses lignes.

HERMANN, *furieux.*

Il n'y a pas de lignes!

BEN-SAMUEL.

Comment, il n'y a pas de lignes!

HERMANN.

Il n'y a pas de lignes, vous dis-je; avez-vous jamais vu des lignes, vous, dans la nature! Ah! vous voulez du style byzantin, vous; vous voulez des découpures de papier, collées sur de la toile! Vous voulez des lignes? Qu'est-ce que vous entendez par lignes, absurde vieillard? montrez-m'en une?

BEN-SAMUEL.

Ma foi! mon enfant, sans aller bien loin, votre nez est une ligne!

HERMANN.

Mon nez n'est pas une ligne, ce n'est pas même un nez; c'est de la couleur dans la couleur, comme tout ce qu'il y a sous le ciel! Celui qui est là-haut, entendez-vous, Ben-Samuel? .. ce grand coloriste qui a le soleil pour palette, si vous ne savez pas pourquoi il a créé l'air et la lumière, je vais vous le dire, moi: c'est pour qu'il n'y eût pas de lignes... voilà!

SCÈNE II.

LES MÊMES, JOHANN PALMA.

PALMA.

Ah! c'est vous, Ben-Samuel?

BEN-SAMUEL.

Salut à l'illustre maître!

HERMANN, *prenant le chapeau et le manteau de Palma.*

Imaginez-vous, maître, que ce profil se plaignait...

PALMA.

Il se plaignait de mon dessin, n'est-ce pas? comme chez d'autres, il se plaint de la couleur. Vous faites votre métier, et moi le mien, Ben-Samuel. J'y vois avec les yeux que Dieu m'a faits, et je peins comme j'y vois... Avez-vous regardé ces tableaux?

BEN-SAMUEL.

Oui, maître: c'est infiniment beau, mais sujets sombres. La mode n'y est point. Je suis marchand, moi...

PALMA.

Hermann... est-on venu du château d'Arnheim?...

HERMANN.

Oui, maître. La jeune dame a fait dire qu'elle viendrait.

PALMA.

Va chercher ma mère, mon bon Hermann, ce soleil lui fera du bien; va l'aider à descendre, mon enfant. (*Hermann sort à droite.*)

SCÈNE III.

PALMA, BEN-SAMUEL.

PALMA.

Ainsi vous n'avez rien vu là qui vous plaise?

BEN-SAMUEL.

Rien qui me plaise, mon digne maître! je ne dis pas cela, Dieu du ciel! Mais je suis un marchand.

PALMA.

C'est entendu! vous avez vu mes deux derniers tableaux, ce martyre...

BEN-SAMUEL.

De sainte Thérèse.

PALMA.

Et ce duel dans une ruine. Ces deux tableaux vous plaisent-ils?

BEN-SAMUEL.

S'ils me plaisent mon cher seigneur! bonté du ciel! je me suis agenouillé pour les regarder... mais je ne suis pas un homme d'art, moi; je suis un marchand.

PALMA.

Et un juif, je le sais. Finissons: voulez-vous de ces tableaux?

BEN-SAMUEL.

Quelle fureur avez-vous aussi, illustre maître, de vous attacher à ces sujets lugubres?... est-ce que cela s'achète?... Pourquoi ne feriez-vous pas de ces petites paysannes rondelettes qui dansent devant une porte d'auberge, ou bien de jolies bergères avec des houlettes?... C'est gai... cela se vend... le premier bourgmestre qui passe, se dit: « Tiens! je m'en vais acheter cela pour ma femme... ça lui donnera des idées riantes. »

PALMA.

Je n'y ai point l'esprit. Assez. Voulez-vous de ces deux tableaux, oui ou non?

BEN-SAMUEL.

Si vous n'exigiez pas des choses énormes? Si vous vous contentiez pour les deux, par exemple, de cent ducats... (*Il regarde avec inquiétude Palma, qui lui répond par un coup d'œil méprisant...*) Je voulais dire de trois cents ducats... (*Il interroge de l'œil Palma, même jeu.*) A la rigueur même cinq cents.

PALMA.

Prenez-les tous deux pour huit cents ducats, et laissez-moi.

BEN-SAMUEL.

Huit cents ducats! que je meure! c'est la dot de ma fille Sarah! c'est l'âme de mon corps! c'est la substance d'un vieillard!...

PALMA.

Au revoir. (*Il court au-devant de sa mère, qui entre à droite conduite par Hermann.*)

SCÈNE IV.

LES MÊMES, HERMANN, GERTRUDE *.

PALMA.

Bonjour, ma mère. Voilà une belle matinée, qui vous fera du bien.

GERTRUDE.

Vous pensez toujours à moi, Johann; que Dieu vous bénisse, mon enfant.

HERMANN.

Asseyez-vous là, madame Gertrude.

GERTRUDE, *s'asseyant.*

Merci, Hermann. Vous êtes aussi comme un fils pour moi.

HERMANN.

Ah! pour cela, madame Gertrude, c'est moi qui vous remercie de me l'avoir dit... Certainement, s'il ne fallait, pour vous rendre la vue, que me crever un œil (*s'avançant vers Ben-Samuel*), ou les crever tous deux à un autre...

PALMA.

Vous êtes encore là, maître Samuel.

BEN-SAMUEL, *se dirigeant vers la porte.*

Je m'en vais, je m'en vais, illustre maître.

PALMA.

Reconduis-le, Hermann.

BEN-SAMUEL, *revenant.*

Maître, j'enverrai prendre les deux tableaux ce soir. (*Ils sortent.*)

SCÈNE V.

GERTRUDE, PALMA**.

PALMA *s'appuie sur le fauteuil de Gertrude, lui prend la main et la regarde avec une douloureuse tendresse.*

GERTRUDE.

Mon fils, vous avez à me parler; vous avez pris ma main comme vous la prenez lorsque quelque malheur s'abat sur nous.

PALMA.

Pauvre mère! vous commenciez à vous plaire dans ce pays; — vous aimiez cette retraite, vous y viviez tranquille.

GERTRUDE.

Nous allons la quitter, Johann, n'est-ce pas?

PALMA.

Il le faut.

GERTRUDE.

Qui donc nous y force?

PALMA.

Ceux qui nous ont forcés de quitter Prague il y a sept ans, — Anvers il y a six ans, — puis Worms, — puis Francfort.

GERTRUDE.

Ainsi vous les avez revus, Johann?

PALMA.

Tous deux, oui.

GERTRUDE.

C'est bien, mon enfant, nous partirons.

PALMA, *avec désespoir.*

Oh! ma mère! quand cette vie finira-t-elle?

GERTRUDE, *avec dignité.*

Johann, pardonnez-moi!

PALMA.

Pardonner! à vous!

GERTRUDE, *gravement.*

Ayez pitié de moi, mon fils!

PALMA.

Du pardon, de la pitié, pour vous, ma bonne mère! Pour vous, sainte femme; pour vous que le ciel a privée de sa lumière, et qui n'avez eu que des prières et des larmes pour répondre à sa rigueur, pieuse victime! Oh! c'est à eux de me demander pardon et pitié!... (*Mouvement de Gertrude.*) Oh! ne craignez rien, ma mère... je ne manquerai pas au serment que je vous ai fait... Je vous ai juré de répondre à leurs plus cruelles poursuites par le silence et le respect... Je vous ai juré de ne résister à aucune de leurs exigences, si injuste qu'elle pût être... Soyez tranquille, ma mère... ce serment, je le tiendrai, quoi qu'il m'en coûte d'amertume et d'affronts...

GERTRUDE, *à genoux devant Palma.*

Mon fils, mon fils, pardonnez-moi!

PALMA, *la relevant avec tendresse.*

A genoux! vous à genoux devant moi!

GERTRUDE, *toujours grave et triste.*

Ne vous ai-je pas dit, Johann, quoi qu'il vous arrive, quelque malheur qui vous accable, n'accusez que moi, mon fils, c'est moi seule qui en suis la cause.

PALMA.

Vous me l'avez dit; mais c'est impossible; une raison, un devoir que j'ignore, vous a fait parler ainsi! Vous! vous coupable! et de quoi, mon Dieu! Comment espérez-vous me tromper? Oh! vous qui parlez de pitié, c'en serait une grande, ma mère, que de me tout avouer!

GERTRUDE.

Vous dites, mon enfant, que vous avez perdu à jamais le repos?

PALMA.

A jamais, grâce à ces hommes.

GERTRUDE.

Que vous avez perdu le courage?

PALMA.

Le courage, oui.

GERTRUDE.

Que vous avez perdu la confiance dans les hommes, et la foi en Dieu!

PALMA.

Hélas!

GERTRUDE.

Eh bien! voulez-vous donc perdre plus encore, mon fils?

PALMA.

Plus encore!

GERTRUDE.

Voulez-vous perdre le respect de votre mère?

PALMA.

Oh! jamais! jamais!

GERTRUDE.

Résignez-vous donc, mon enfant, je partirai quand vous voudrez.

PALMA, *avec embarras.*

Écoutez, ma mère, il pourrait y avoir une raison puissante qui m'engageât à demeurer quelque temps encore dans ce pays... Si cette raison existe ou non, je vous le dirai ce soir.

GERTRUDE.

Vous avez un secret pour moi, Johann.

PALMA.

Oui, même pour vous, il doit être caché, jusqu'à ce soir au moins.

GERTRUDE.

La jeune dame du château d'Arnheim, la fille du baron, ne doit-elle pas venir tout à l'heure, pour que vous acheviez son portrait?

PALMA.

Elle doit venir, oui.

GERTRUDE.

Elle est belle, dit-on.

PALMA.

Elle est belle.

GERTRUDE.

Je suis devenue si étrangère au monde, que j'ignore où il en est maintenant. De mon temps, c'était un grand malheur, Johann, que d'élever ses yeux au-dessus de la condition où l'on était né.

PALMA.

Le monde n'a point changé... Voici la jeune baronne, ma mère...

SCÈNE VI.

PALMA, GERTRUDE, CHRISTEL, UN DOMESTIQUE, HERMANN.

HERMANN.

Maître, la fille de monseigneur.

PALMA, *montrant Gertrude.*

C'est ma mère, madame.

CHRISTEL, *à part.*

Pauvre femme! (*Elle va à elle et lui prend les mains.*) Voilà longtemps, bonne dame, que je souhaitais de vous voir... Mais vous vivez si retirée; je vous ai à peine aperçue de loin quelquefois sur cette terrasse.

GERTRUDE.

Je vous remercie, mon enfant; mais ce n'est pas un spectacle à rechercher pour de jeunes yeux brillants, comme doivent être les vôtres, que celui de la vieillesse et de l'infortune.

CHRISTEL.

C'est un spectacle et un exemple à rechercher pour tous, que celui d'une sainte résignation aux volontés du ciel.

GERTRUDE.

Voilà de bien graves paroles, mon enfant, qu'il faut laisser aux vieillards et aux pauvres: n'êtes-vous pas la fille du noble baron d'Arnheim?

CHRISTEL.

Tous les âges et toutes les conditions ont leurs souffrances.

GERTRUDE.

Que Dieu vous bénisse, jeune fille. (*Elle se lève.*)

PALMA.

Vous retirez-vous déjà, ma mère?

GERTRUDE.

Non, Johann; mais vous m'avez dit que la journée était belle; je voudrais respirer un peu l'air et sentir le soleil: je vais sur la terrasse.

HERMANN.

Prenez mon bras, madame Gertrude. (*Ils sortent sur la terrasse par la gauche.*)

SCÈNE VII.

PALMA, CHRISTEL *.

PALMA, *à part.*

Elle est venue, et tout mon courage s'en est allé! (*Il approche une chaise au milieu du théâtre et retourne prendre sa palette.*)

CHRISTEL, *à part.*

Seule... avec lui! Oh! j'ai peur. (*Haut, s'asseyant.*) Y a-t-il longtemps, maître Palma, que votre mère est affligée de ce malheur?

PALMA.

Près de quinze ans, madame. Nous demeurions alors aux environs de Prague, sur les bords de la Moldaw. Une nuit d'hiver, par je ne sais quelle fatalité, ma mère tomba dans la rivière glacée; on l'en retira vivante, mais aveugle.

CHRISTEL.

Pauvre femme!... Vous êtes donc né en Bohême, maître? C'est aussi ma patrie.

PALMA.

Votre patrie, madame? je croyais que monseigneur le baron avait toujours habité Arnheim.

CHRISTEL.

Le fief d'Arnheim et le titre de sénéchal d'Empire lui sont venus par héritage. Nous appartenons à une branche assez éloignée de l'ancienne maison d'Arnheim.

PALMA, *à part.*

Son titre! son fief! sa maison! Je ne parlerai pas.

CHRISTEL.

Je suis bien ainsi?

PALMA.

Oui, madame, oui, je vous remercie.

CHRISTEL.

Ce portrait, maître, sera-t-il achevé aujourd'hui?

PALMA.

Il sera achevé. Il faut qu'il le soit. Je pars ce soir avec ma mère.

CHRISTEL.

Vous partez!... pour longtemps?

PALMA.

Pour toujours.

CHRISTEL, *vivement.*

Pour toujours! Oh! cela est cruel!...

PALMA, *étonné.*

Est-ce vous, madame, qui parlez ainsi? Se peut-il que mon départ...

CHRISTEL, *vite et avec effort.*

Votre départ, maître, n'est-il pas cruel en effet pour... votre mère, à qui son âge et son infirmité doivent rendre un voyage bien pénible?

PALMA.

Ma mère est résignée, madame: notre destinée à tous deux est d'errer d'exil en exil... elle la subit sans se plaindre.

CHRISTEL.

Mon père me disait hier, maître Palma, qu'il ne concevait rien à l'amertume de vos paroles. Vous êtes jeune et déjà célèbre; vous avez encore l'avenir et déjà la gloire... c'est mon père qui le disait... et il ajoutait que si vous aviez au fond de votre vie quelques chagrins cachés... il souhaitait de vous inspirer assez de confiance pour les apprendre de vous.

PALMA, *froidement.*

Je remercierai monseigneur votre père.

CHRISTEL, *avec émotion.*

Et moi, je le souhaitais comme lui.

PALMA.

Vous, madame! vous aviez cette bonté!... vous... (*Se contenant.*) Mais que vous dirais-je qui pût être compris... ou seulement entendu de vous?

CHRISTEL, *souriant.*

Maître Palma, la solitude dans laquelle j'ai vécu a peut-être suppléé, plus que vous ne pensez, à l'expérience de l'âge qui me manque, je l'avoue. Je crois comprendre que les hommes comme vous sont consumés souvent par cette flamme qui les éclaire. Mais ce sont là de nobles douleurs, que la distinction où ils vivent parmi les autres hommes doit payer assez.

PALMA, *avec chaleur.*

Madame, je ne suis pas de ceux dont vous parlez; mais, si peu que je sois, je sais, depuis longtemps, qu'il faut choisir entre l'obscurité et le malheur, que ceux qui veulent des nuits tranquilles doivent renoncer à l'éclat des jours; je sais que la gloire est un mal dont on meurt jeune, ou dont on meurt longtemps. Dans mon enfance, j'écoutais avec passion l'histoire de tous ces élus de l'art divin... et je sais que c'est une histoire de martyrs... Tous ces morts glorieux ont été des vivants désolés... et si quelquefois d'orgueilleuses illusions me montent au cerveau, à moi, pauvre manœuvre... ce n'est pas, hélas! quand je regarde mes informes ouvrages, c'est lorsque que je sens des tourments étranges dévorer ma vie... Alors... oui... parfois... ce cercle brûlant qui étreint mon front, parfois je puis croire que c'est une couronne! Oui, cela est ainsi... et il est généreux à vous de le comprendre!... Mais, à quelles folies impossibles peuvent s'élancer nos ambitions ardentes qui vont se heurter contre votre monde tout-puissant, contre ses usages et ses lois... oh! voilà ce que vous ignorez, madame... et ce que je ne puis vous dire!

CHRISTEL, *émue.*

Que faudrait-il donc pour vous donner la confiance qui vous manque? Faudrait-il vous dire que les lois de ce monde dont vous parlez sont pesantes souvent pour ceux même qu'elles protègent?...

PALMA.

O Dieu!...

CHRISTEL.

Faut-il vous dire, maître, que notre esprit n'est pas toujours aussi docile qu'on le voudrait à ce joug de naissance?... Croyez-vous qu'il ne nous arrive jamais de nous sentir à l'étroit dans ces froides limites de frivolité et d'orgueil?...

PALMA.

Madame!

CHRISTEL.

Vous parlez de rêves impossibles! Allez, maître, nos pensées, à nous aussi, peuvent quelquefois franchir d'invincibles distances, et nous rapporter la souffrance au cœur et la rougeur au front!

PALMA, *avec passion.*

Christel!

CHRISTEL, *faisant un violent effort sur elle-même.*

Qu'ai-je dit? (*Haut.*) Eh! bien, maître, qu'avez-vous donc pu entendre par mes paroles, sinon que j'ai mes chagrins de famille comme vous avez les vôtres? (*Elle est debout et le regarde avec hauteur.*)

PALMA, *à part, douloureusement.*

Elle ne m'aime pas!... C'était un jeu! une vaine curiosité de femme! elle ne m'aime pas!...

HERMANN, *entrant.*

Monseigneur le baron d'Arnheim, maître...

CHRISTEL, *à part.*

Il va tout apprendre enfin!...

SCÈNE VIII.

PALMA, CHRISTEL, LE BARON. (*Hermann est resté sur la terrasse *.*)

PALMA, *au baron.*

Quel honneur pour moi, Excellence!

LE BARON.

Je viens de voir votre galerie, maître Palma; elle est digne du palais d'un prince! — Ce portrait est achevé?... (*Il regarde le portrait de Christel.*)

PALMA.

Pas encore tout à fait, monseigneur: mais je puis terminer seul ce qui reste à faire.

LE BARON.

Ce sera, si je ne me trompe, une de vos plus belles œuvres... et ma fille n'aura rien de plus précieux dans sa dot

PALMA, *à part.*

Dans sa dot!

LE BARON.

Nous avons au château depuis ce matin, maître, deux nobles hôtes... le prince de Guastalla... et son fils... souverain légitime de Mantoue... et fiancé de ma fille. L'admiration de votre art est héréditaire dans leur pays; je veux vous présenter à eux, et leur faire les honneurs de notre Allemagne.

PALMA.

Monseigneur!...

LE BARON.

Venez aujourd'hui, je vous prie, dîner au château. Le duc de Mantoue vous remerciera lui-même du magnifique présent que je lui fais, grâce à vous. Vous acceptez?

PALMA.

Monseigneur!

LE BARON.

Au revoir, maître... Dans une heure nous vous attendons. (*Le baron prend le bras de sa fille et sort.*)

PALMA, *demeuré seul, saisit avec rage le tableau posé sur le chevalet, et le foule aux pieds.*

Pour son fiancé, jamais!

HERMANN, *qui est entré par la gauche.*

Mon bon maître, que faites-vous?... Votre plus belle œuvre!...

PALMA.

Oui, ma plus belle œuvre... et c'est pour cela que je veux qu'elle soit détruite avec mon plus beau rêve... Elle ne m'aime pas! (*Il tombe à droite sur un fauteuil, et se cache la tête dans ses mains. Hermann regarde le tableau et reste à genoux.*)

ACTE III.

Le Château d'Arnheim.

Un salon gothique restauré dans le goût flamand du seizième siècle; grande porte au fond, ouvrant sur un jardin. Portes latérales. Sur le devant, à droite, une table, tout ce qu'il faut pour écrire.

SCÈNE I.

CHRISTIAN, *assis près de la table, puis* FRANZ.

CHRISTIAN.

Il ne revient pas!... Je ne conçois rien à cela... Nous laisser uls ainsi... à peine arrivés, sur une vaine excuse... quand il it nous traiter avec tant d'égards, de respect même! (*Il se lève passe à gauche. Entre Franz.*) Ah! c'est vous, Franz?

FRANZ.

Encore seul, mon père?

CHRISTIAN.

Seul, oui... Le baron s'est excusé, en prétextant je ne sais quelle surprise qu'il nous ménage.

FRANZ.

Ah! cette surprise ne consisterait-elle pas à rassembler la maréchaussée de ce bailliage et à nous arrêter? Cela ne me surprendrait pas!

CHRISTIAN.

Sottises...

FRANZ.

Cependant cette négligence est singulière de la part du baron, qui n'a qu'une vertu, comme tous les grands... la politesse.

CHRISTIAN.

C'est la faute des petits qui s'en contentent. Mais dites-moi, Franz, vous avez été un instant seul avec cette jeune fille?

FRANZ.

Oui, monsieur...

CHRISTIAN.

C'est encore une enfant; le premier soupirant qui se présente doit lui plaire. Quel accueil vous a-t-elle fait?

FRANZ.

Mais, des plus froids.

CHRISTIAN.

Comment?

FRANZ.

Cette jeune fille a je ne sais quoi en elle dont j'ai été sottement interdit, n'ayant guère connu de femmes de sa condition... si bien que je n'ai pas trouvé deux mots à lui dire.

CHRISTIAN*.

Vous perdrez tout par vos maladresses... Ces gentilshommes... ces princes italiens dont nous tenons ici la place, étaient cités pour l'amabilité de leur esprit. Le baron m'a déjà dit qu'il était surpris de notre sombre humeur, après ce qu'on lui avait écrit de nous... votre étrange conduite vis-à-vis de sa fille achèvera de nous rendre suspects... Que je ne puisse, moi, sourire à cet homme, que je ne puisse même le voir en face sans que tout mon sang me monte au visage, vous devez le comprendre. Mais lorsqu'il y va de l'honneur et de la vie, il me semble que vous pourriez, vous du moins, faire cet effort sur vous-même!

FRANZ

Et quels soupçons voulez-vous que le baron puisse concevoir? Ne lui avez-vous pas remis toutes les lettres... toutes les preuves que nous avons trouvées sur eux?

CHRISTIAN.

Sans doute... mais le moindre retard peut nous être fatal... Et si vous déplaisez à cette enfant!...

FRANZ.

Le baron n'est-il pas un ambitieux qui se soucie peu des sentiments de sa fille?

CHRISTIAN.

Vous dites vrai, c'est un homme d'un inflexible orgueil, d'une impitoyable dureté... Le ciel en soit loué, car, cette fois, son égoïsme ne servira qu'à précipiter sa perte.

FRANZ, *très-sérieux.*

Mon père, je voudrais le haïr autant que vous le haïssez, je serais plus tranquille au moment d'accomplir ce que nous sommes venus faire ici.

CHRISTIAN.

Franz, est-il vrai que vous regrettiez quelquefois de n'avoir pas de nom parmi les hommes, pas de famille, pas d'honneur?

FRANZ.

Toujours!...

CHRISTIAN.

Eh bien! au nom du ciel, comment ne haïssez-vous pas autant que moi celui qui vous a pris tous ces biens à vous comme à moi-même?

FRANZ.

Mon père!...

CHRISTIAN.

Comment vous jugez-vous suffisamment vengé avant d'avoir rapporté au foyer de cet homme la ruine et l'opprobre qu'il a apportés à votre foyer?

FRANZ.

Votre vengeance ne pouvait-elle prendre un chemin moins tortueux?...

CHRISTIAN.

Un duel! parlez-vous d'un duel, enfant que vous êtes? Oubliez-vous que je suis né son vassal, son humble tenancier? Par la grâce de Dieu, il méprisait si bien ce misérable vassal, qu'il n'a pas même daigné le regarder au visage avant de le flétrir... Un duel! vous êtes fou! Il ne nous reconnaîtra pour ses égaux, vous dis-je, que quand nous lui montrerons son écusson baronnial dans la boue, à côté de notre honneur plébéien!...

FRANZ.

Le voici!

CHRISTIAN.

Silence! songez à votre rôle...

SCÈNE II.

LES MÊMES, LE BARON, CHRISTEL.

LE BARON.

Vos Altesses nous pardonneront; nous nous montrons des hôtes bien négligents. Mais, comme je vous l'ai dit, nous étions occupés, ma fille et moi, de vous préparer un plaisir.

FRANZ.

Quel qu'il soit, madame, c'est l'acheter bien cher, au prix de votre absence.

CHRISTEL, *à Franz.*

Monseigneur!... (*A son père.*) Vous permettez, monsieur, qu'avant de dîner je me retire un moment chez moi?

LE BARON.

Nous vous attendons, ma fille. (*Elle sort par la gauche, Christian l'accompagne jusqu'à la porte.*)

SCÈNE III.

CHRISTIAN, FRANZ, LE BARON*.

CHRISTIAN.

Cette belle enfant, monsieur d'Arnheim, est bien une vraie fille d'Allemagne. Elle a toute l'apparence charmante et soucieuse des héroïnes de vos vieilles ballades...

LE BARON.

Votre Altesse veut bien prendre par son côté poétique la timidité d'une jeune fille qui n'a jamais vu le monde... Vos Seigneuries sont-elles un peu remises de leurs fatigues?

CHRISTIAN.

Pour moi, qui vieillis, baron, j'avoue que je suis encore un peu las. Mais mon fils est tout à fait bien, si j'en crois la folle gaîté qu'il montrait tout à l'heure en parcourant votre beau parc. Je vous demande pardon, Portien, de trahir vos enfantillages; mais vous aviez vraiment l'air d'un écolier échappé.

LE BARON.

Si le marquis n'était pas né souverain, j'ose dire qu'il eût fait un rare diplomate. Si je n'avais su à l'avance qu'on le renommait pour l'enjouement de son esprit, je vous avoue que je ne l'eusse jamais deviné à son air. Jamais visage ne fut plus discret!

CHRISTIAN.

C'est qu'en présence de certaines choses (*Avec intention.*) et de certains hommes, son esprit, comme le mien, s'assombrit singulièrement.

LE BARON.

Avec l'aide de Dieu et de l'empereur, nous changerons ces choses et ces hommes.

UN LAQUAIS.

Maître Johann Palma.

CHRISTIAN, *à part.*

Lui! lui! ici... Quel coup de foudre!

FRANZ.

Johann!

SCÈNE IV.

LES MÊMES, PALMA*.

LE BARON, *allant au-devant de Palma, qui d'abord ne voit que lui.*

Vous êtes le bienvenu, mon jeune maître. (*Il se retourne vers Christian et Franz; Palma les aperçoit alors, paraît frappé d'une surprise terrible et recule, tandis que le baron leur dit:*) Souffrez que je présente à Vos Altesses un homme dont le nom leur est déjà sans doute connu.

CHRISTIAN.

Assurément, monsieur, c'est un nom dont l'Allemagne est fière à bon droit, et dont notre Italie est jalouse. J'ignorais seulement que l'illustre maître Palma habitât cette contrée.

LE BARON, *étonné du silence de Palma.*

Le prince de Guastalla vous a parlé, maître.

PALMA, *avec hésitation.*

Pardon, Excellence, pardon... je suis confus... je ne pouvais m'attendre...

CHRISTIAN.

A cet éloge?... il me semble, monsieur, que les louanges ne doivent plus avoir rien de surprenant pour vous.

PALMA.

De votre bouche... (*Avec hésitation.*) Monseigneur!...

FRANZ.

Mon père et moi, maître Palma, nous apprécions depuis longtemps votre mérite à toute sa valeur...

LE BARON.

Mais qu'avez-vous, mon jeune maître? Souffrez-vous? Cette pâleur!...

PALMA.

Oh, rien! monseigneur; quelques nuits d'un travail forcé, à la veille d'un départ.

LE BARON.

Comment! vous partez?

PALMA.

Je comptais... je devais partir. . mais maintenant... je..,

SCÈNE V.

LES MÊMES, UN DOMESTIQUE.

LE BARON.

Eh, bien! qu'y a-t-il? que me veut-on?

LE DOMESTIQUE.

Monseigneur, une vingtaine de paysans sont rassemblés dans la cour du château: deux d'entre eux demandent avec instance à être reçus par monseigneur.

LE BARON.

Quelque sotte requête... je ne puis... qu'ils reviennent demain.

LE DOMESTIQUE.

Ils disent qu'il s'agit d'une affaire très-grave... et qui ne peut être remise d'un seul instant.

LE BARON.

C'est différent... Vos Altesses permettent?...

CHRISTIAN.

Baron!... nous causerons d'art avec monsieur pendant ce temps. (*Le baron sort suivi du domestique.*)

SCÈNE VI.

PALMA, CHRISTIAN, FRANZ.

PALMA. *Il ferme la porte du fond et revient; avec force.*

Parlez, monsieur, parlez! Quel chemin sanglant vous a conduit ici, sous ce nom, et avec ces titres?

CHRISTIAN.

La, la! mon jeune maître; comme votre esprit s'échappe tout de suite en de sombres conjectures!

PALMA.

Il faut que je sache, entendez-vous, dans quel but vous êtes venus ici usurpant ces titres.

FRANZ.

Et qui vous dit que nous les ayons usurpés, ces titres?

CHRISTIAN.

Vous êtes singulier, maître! Oseriez-vous dire, vous, que vous savez qui je suis? Je puis être fils d'un prince ou ce que je voudrai, et je vous défie de me démentir. Vous ne savez de votre propre histoire que ce que je vous en ai conté, et vous savez fort peu de chose de la mienne.

PALMA, *se contenant et tremblant d'émotion.*

Ainsi, c'est vous, Franz, qui êtes le fiancé de la jeune dame d'Arnheim?

CHRISTIAN.

Qu'y voyez-vous à dire?

PALMA.

Rien!... et ce mariage est décidé?

CHRISTIAN.

Il sera fait dans deux jours. En quoi cela vous offense-t-il?

PALMA, *amèrement et baissant la voix.*

En rien!... Mais parlons sérieusement, monsieur... dites-moi... ne me cachez rien... je suis à vous, je suis votre complice de vieille date, vous savez. Dites-moi... la nuit prochaine, il y aura un crime, un meurtre peut-être commis dans ce château... Eh, bien! vous faut-il quelqu'un de dévoué pour veiller sur les fenêtres, pour préparer l'échelle? vous faut-il un homme déjà fait au crime... pour bâillonner votre victime et étouffer ses cris?... Dites! parlez... je suis à vous, je suis tout à vous, vous savez bien!

CHRISTIAN, *sombre.*

Maître Palma, prenez garde!

PALMA, *éclatant.*

Par le ciel! c'est à vous de prendre garde, messieurs! Vous allez sortir à l'instant et pour jamais de cette maison... ou je vous accuse aujourd'hui devant les hommes, et demain devant Dieu.

CHRISTIAN.

Maître!

PALMA.

Vous eussiez mieux fait de me demander mon honneur jusqu'à son dernier souffle, mon sang jusqu'à sa dernière goutte, que de franchir le seuil de cette maison avec une pensée coupable!... J'ai parlé,! choisissez, et finissons!

CHRISTIAN.

Vous nous supposez, maître, des projets qui ne sont pas les nôtres.

FRANZ.

Il s'agit, vous dit-on, d'un mariage, et point d'autre chose.

PALMA.

Un mariage!... vous! avec cette jeune fille!... En effet, la différence est petite: l'autre l'achetait; vous, vous la volez. Peu importe, quant au bonheur de cette enfant. Prenez un parti, car le mien est pris.

CHRISTIAN.

Ainsi vous êtes bien résolu de trahir?...

PALMA.

Tout, je trahirai tout...

CHRISTIAN.

Et vous ne craignez pas les remords?

PALMA.

Je ne vivrai pas assez de temps pour en souffrir... Décidez-vous, vous dis-je.

CHRISTIAN.

Eh bien! appelez donc, et faites votre dénonciation.

PALMA, *allant vers le fond.*

Vous le voulez!

FRANZ.

Mon père...

CHRISTIAN.

Dénoncez; mais si vous m'en croyez, allez auparavant jusqu'à votre maison et prenez conseil de la vieille aveugle qui l'habite.

PALMA, *s'arrêtant.*

Ma mère! (*A haute voix.*) O mon Dieu! que vous ai-je donc fait avant de naître?

CHRISTIAN, *à part.*

Est-ce qu'il aimerait cette fille?

SCÈNE VII.

LES MÊMES, LE BARON*.

LE BARON.

Altesses, il m'est pénible d'avoir à vous occuper d'une affaire comme celle-ci; mais je suis justicier sur mes terres, et je ne puis refuser de faire droit à la réclamation qui vient de m'être adressée.

CHRISTIAN, *inquiet.*

Qu'y a-t-il donc, monsieur d'Arnheim?

LE BARON.

J'oserai demander conseil à vos seigneuries... Des paysans d'Arnheim ont trouvé, dans le chemin qui traverse la forêt de Vergara, deux hommes dépouillés et assassinés.

CHRISTIAN.

Deux hommes assassinés!

PALMA, *regardant Christian.*

Oh!

FRANZ, *à Christian.*

Nous avons donc été bien inspirés de prendre une autre route... mon père...

LE BARON, *regardant Palma.*

C'était dans la matinée d'hier, lendemain du Vendredi-Saint.

PALMA.

Du Vendredi-Saint!

LE BARON.

Qu'avez-vous donc, maître Palma? Vous êtes plus pâle encore que tout-à-l'heure. Sauriez-vous déjà qui on accuse?

PALMA, *fixant Christian.*

Qui on accuse!... (*Christel est entrée sur ces mots.*)

LE BARON.

C'est vous, maître!

PALMA.

Moi! Dieu du ciel! (*Il voit Christel.*) Et devant elle!... oh!

SCÈNE VIII.

LES MÊMES, CHRISTEL *.

LE BARON.

Vous, ma fille, votre présence ici est inutile, vous ne pouvez demeurer.

CHRISTEL.

Mon père, puisqu'il y a ici un accusé, un malheureux, ma présence ne peut être inutile... Laissez la pitié s'approcher de votre justice.

LE BARON.

Cet homme est coupable... nous devons oublier son nom et ce qu'il fut pour nous.

PALMA, *avec énergie.*

Par tout ce que j'ai de cher et de sacré au monde, cette accusation est infâme. Je suis innocent de ce crime et de tout autre!

CHRISTEL.

Vous entendez, mon père?

LE BARON.

Maître, je n'ai pas voulu vous interroger publiquement. Je ne demande qu'à vous croire. Veuillez me répondre. Avez-vous passé dans votre maison la nuit de vendredi?

PALMA.

Non, monseigneur!

LE BARON.

On prétend vous avoir vu cette nuit-là dans une hôtellerie de la frontière à Borghetto, avec deux étrangers dont le signalement répond à celui des deux victimes. Cela est faux sans doute?

PALMA.

Non, monseigneur.

FRANZ, *à Christian.*

Nous sommes perdus, il va parler.

LE BARON.

Vous pouvez me dire au moins quel motif vous amenait dans cette auberge... et quels étaient ces hommes?

PALMA, *après un mouvement d'hésitation.*

Monseigneur... je ne puis!

CHRISTIAN, *à part.*

Noble cœur!

CHRISTEL, *à part.*

O Dieu!

LE BARON.

Mais vous vous avouez donc coupable?

PALMA.

Je suis innocent.

LE BARON.

Maître, comment puis-je vous croire? Tout s'élève contre vous. En ce moment même... votre trouble... l'altération de vos traits... tout confirme le bruit qui vous accuse.

PALMA, *accablé.*

Il est vrai... tout m'accuse!... Mais je suis innocent.

CHRISTEL.

Maître Palma, se peut-il que vous n'ayez rien de plus à dire? Oh! mon père, attendez encore... s'il disait vrai... si votre terrible justice allait s'égarer!

LE BARON.

Ma fille!

CHRISTEL, *à Christian* *.

Monseigneur! de grâce... parlez pour lui!... Si vous l'aviez vu comme moi auprès de sa mère, vous ne pourriez le croire coupable, monseigneur!

CHRISTIAN, *froidement.*

Madame... (*A part.*) Elle aussi, elle l'aime...

LE BARON.

Maître Palma, j'aurais voulu n'avoir contre vous que des préventions; mais j'ai des preuves.

CHRISTIAN.

Qu'est-ce donc?

PALMA.

Des preuves?

LE BARON.

Vous attendiez deux étrangers à l'auberge de Borghetto. Avant leur arrivée, vous leur aviez écrit un billet qui vient de m'être remis par le jeune maître de cette auberge. Voici ce billet. (*Lisant.*) « Je vous ai attendus, tous deux, jusqu'à dix heures. Dans huit jours je reviendrai. Si je ne vous trouve point, n'accusez que vous de ce qui arrivera. Je veux en finir avec vous, à tout prix. — JOHANN. » Est-ce votre écriture?

PALMA.

Oui, monseigneur. Mais ce billet n'avait rien de commun avec les deux étrangers qui ont péri : ceux à qui s'adressait ce billet sont vivants.

LE BARON.

En ce cas vous pouvez me dire leur nom, et les faire paraître devant nous?

PALMA. *Il hésite. Mouvement d'inquiétude de Franz et de Christian.*

Non, monseigneur.

LE BARON.

Puisqu'il en est ainsi! (*Il va à la table et écrit* *.)

CHRISTEL, *à part.*

Perdu! hélas!

CHRISTIAN, *à part, avec âme.*

O généreux enfant! Non, je ne puis le laisser mourir ainsi. (*Au baron.*) Monsieur d'Arnheim, je vous demande la grâce de ce jeune homme. Le jour qui unit nos deux familles ne doit être un jour de malheur pour personne... Au nom de votre fille... et de mon fils... je vous demande cette grâce!

LE BARON.

Altesse!

CHRISTIAN.

Je sais, monsieur, que toutes les apparences l'accablent. Je sais qu'il ne se défend pas; mais sa vie passée le défend bien haut. Sous ce silence étrange, obstiné, qui sait s'il ne nous cache pas un malheur ou une vertu plutôt qu'un crime? Monsieur d'Arnheim, croyez-moi, ne chargez pas votre conscience de cette douteuse justice, que le jour de demain appellerait peut-être une sanglante méprise. Faites grâce à ce jeune homme!

LE BARON, *se levant.*

Eh bien! que Dieu le juge. Partez donc, monsieur, partez! quittez aujourd'hui même ce pays... quittez l'Allemagne...

PALMA.

Monseigneur, je ne suis pas coupable, je ne veux pas de grâce.

LE BARON.

Mais c'est de la folie.

PALMA.

C'est de la fatigue, je veux mourir.

CHRISTEL.

Vous oubliez que vous n'êtes pas seul au monde, maître Palma.

PALMA.

Il est vrai... il est vrai... C'est que ma tête se trouble... Monsieur le baron, j'accepte, non pour moi, mais pour ma mère.

CHRISTEL.

Mais ces paysans qui assiégent le château ne le laisseront point sortir.

LE BARON.

En effet.

CHRISTIAN.

Je vais l'accompagner avec mon fils; et si l'on s'oppose à notre passage, j'affirmerai, s'il le faut, que c'est à nous que ce billet s'adressait. (*A Palma.*) Venez, monsieur.

PALMA, *attendri.*

Ah! monsieur,... monseigneur!... Quand pourrai-je vous payer tout ce que je vous dois?

CHRISTIAN.

Assez. Partons. (*Ils sortent.*)

SCÈNE IX.

LE BARON, CHRISTEL *.

LE BARON.

Je vous avais bien dit, Christel, que cette scène n'était point faite pour vos yeux. Vous voilà toute tremblante. Cependant je suis aise que vous ayez pu voir vous-même que cet homme doit la vie à nos nobles hôtes. Je pense que vous leur en saurez gré.

CHRISTEL.

Oui, mon père.

LE BARON.

C'est une preuve de bonté... et en même temps une attention pour vous. Ils ont vu que vous preniez quelque intérêt à ce malheureux.

CHRISTEL.

C'est que je ne le crois pas coupable, monsieur...

LE BARON.

C'est bien! ne parlons plus de lui. Vous avez eu, je pense, un moment d'entretien avec le marquis de Guastalla? Ce jeune homme vous plaît, sans doute... vous n'aurez donc aucune répugnance à le prendre pour époux?

CHRISTEL. *Elle se lève.*

Mon père, quand vous m'avez annoncé cette alliance, j'ai courbé la tête; j'ai attendu; j'ai espéré jusqu'au dernier instant que je trouverais dans mon respect pour vous le courage de vous obéir. Aujourd'hui j'ai vu celui auquel vous me destinez. Eh bien! j'ai senti qu'il serait toujours un étranger pour moi. C'est mon devoir de vous le dire : mon père, si vous m'aimez, ne me livrez pas au malheur. Mon père, si vous estimez votre fille, n'en faites pas une mauvaise épouse!

LE BARON.

Écoutez-moi, Christel... Vous êtes arrivée à l'âge où il faut quitter le roman pour le monde. Si vous manquez du pauvre courage qu'il faut pour renoncer aux sottes rêveries de l'enfance, et accepter la vie telle qu'elle est, si vous n'avez pas ce courage, ma fille, c'est à moi de l'avoir pour vous. C'est mon devoir, je le remplirai. Je vous marie d'une façon assez digne de vous, je crois. Je vous achète une couronne ducale avec une dot de reine. Vous vous plaindrez ensuite; vous m'appellerez un tyran, un mauvais père, si cela vous plaît; peu importe! Cela sera ainsi!

CHRISTEL.

Je vous ai dit, mon père, que je n'aimais pas ce jeune homme.

LE BARON.

C'est donc que vous en aimez un autre, Christel?

CHRISTEL.

Un autre! Je n'aime personne.

LE BARON.

Prenez garde que je ne voie plus clair dans votre cœur que vous ne voulez y voir vous-même, ma fille!

CHRISTEL.

Je ne vous comprends pas, monsieur!

LE BARON.

Je le souhaite. Ce mariage aura lieu dans deux jours, soyez-y préparée.

CHRISTEL.

Tout ce que vous voudrez, mon père, tout, excepté cet odieux mariage!

LE BARON.

Cet odieux mariage se fera, je le veux!

CHRISTEL, *à genoux.*

Mon père, je me mets à genoux pour vous le dire : mais je n'épouserai pas un homme que je hais.

LE BARON, *avec colère.*

Restez, restez ainsi... c'est la posture qui convient pour ce que vous avez à m'avouer... Vous aimez quelqu'un?

CHRISTEL.

Quelqu'un?

LE BARON.

Vous aimez l'homme qui sort d'ici!

CHRISTEL.

Qui? mon Dieu!

LE BARON.

Ce meurtrier!... Osez-vous dire que vous ne l'aimez pas?

CHRISTEL, *se levant.*

Mon père, Dieu seul et moi, nous le savions.

LE BARON.

Misérable enfant! Vous déshonorez mon nom. (*Christian et Franz rentrent.*)

SCÈNE X.

LES MÊMES, CHRISTIAN, FRANZ.

LE BARON, *à Christian.*

Eh bien! cet homme, ce misérable?...

CHRISTIAN.

Il est maintenant hors d'atteinte, il doit être arrivé chez lui; mais il sera prudent qu'il parte au plus tôt, car ces paysans sont exaspérés!

LE BARON.

Je vais assurer sa fuite, et lui porter le sauf-conduit sans lequel il serait perdu.

CHRISTIAN.

Allez, baron... ce malheureux vous devra la vie... (*Le baron sort.*)

CHRISTEL.

Il va le tuer!... Monseigneur, courez... il va le tuer! (*Elle tombe dans les bras de Christian.*)

CHRISTIAN.

Le tuer! (*Il la fait asseoir à droite.*)

FRANZ.

Mon père!

CHRISTIAN.

Tais-toi; maintenant ce n'est plus ma vengeance qui le pousse... c'est celle de Dieu!

ACTE IV.

La Mère.

Même décor qu'au second acte. L'atelier de Palma. Désordre des caisses et des tableaux. Apprêts d'un départ.

SCÈNE I.

HERMANN, *puis* BEN-SAMUEL.

HERMANN, *seul. Il achève de clouer une caisse.*

Je ne sais quel diable le pousse, nous étions bien ici. Je m'y plaisais, moi... il y a la petite voisine, Berthe, avec qui je causais le matin... Eh! bien, tout d'un coup il faut partir, toujours partir dès qu'on commence à prendre goût au pays... Mordieu! ce serait mon cercueil que je clouerais là, je ne serais pas plus triste!... (*Ben-Samuel est entré sur les derniers mots.*)

BEN-SAMUEL.

Ah! monsieur Hermann, on voit bien que vous êtes jeune. Les jeunes gens aiment à parler de la mort; mais nous autres vieillards, c'est un mot que nous tâchons d'oublier.

HERMANN.

Pour tâcher que la chose vous oublie... Mais qu'est-ce que vous voulez encore, vieux rabbin?

BEN-SAMUEL.

J'apporte les ducats, et je viens prendre le petit martyre. (*Il lui remet une bourse.*)

HERMANN, *allant à une petite table qui se trouve à gauche.*

Bon. Je vais compter. (*Il compte les ducats.*)

BEN-SAMUEL.

Ah çà, mon enfant, vous partez avec le maître?

HERMANN.

Oui.

BEN-SAMUEL.

Vous ne pouvez avoir un plus glorieux maître!

HERMANN.

Je le voudrais moins glorieux et moins ambulant.

BEN-SAMUEL.

Il a sans doute de bonnes raisons pour voyager.

HERMANN.

Soit; mais il pourrait bien me les dire... le plus patient se fatigue à la fin, et je saurai bien lui prouver que je suis libre de mes actions.

BEN-SAMUEL.

Allons! mon enfant! vous n'auriez pas le cœur de le quitter.

HERMANN.

Si, mordieu! je l'aurai, puisqu'il a bien celui de me traiter comme un chien!... C'est un homme sans cœur... je le quitterai.

BEN-SAMUEL.

Eh bien! mon fils, croyez-moi, vous ferez bien de ne pas différer d'une minute cette bonne résolution.

HERMANN.

Comment?

BEN-SAMUEL.

Tout à l'heure, des groupes de pèlerins et de paysans se rassemblaient dans le village... Je me suis approché... Il était question de deux hommes assassinés, et on accusait...

HERMANN.

Qui?

BEN-SAMUEL.

Lui... le maître...

HERMANN, *le saisissant au collet.*

Mort de ma vie! répète cela, vieux Judas!

BEN-SAMUEL.

Mais ce n'est pas moi qui le dis, monsieur Hermann... c'étaient ces hommes...

HERMANN.

Lui, un meurtrier!... un homme qui n'a d'âme que pour aimer ce qu'il y a de beau et de bien sous le ciel! un meurtrier...

BEN-SAMUEL.

Je ne faisais que répéter...

HERMANN.

Maître Palma, un meurtrier! la bonté, la charité, l'honneur même, tout ce que je respecte au monde!

BEN-SAMUEL.

On vient de l'arrêter, monsieur Hermann.

HERMANN.

Tu mens, misérable!

BEN-SAMUEL.

Je vous jure...

HERMANN.

Sors d'ici... Va-t'en.

BEN-SAMUEL.

C'était dans votre intérêt que...

HERMANN.

Sors, misérable! si tu n'étais un vieillard, tu ne sortirais pas vivant. (*Il le pousse.*)

SCÈNE II.

HERMANN, *seul.*

Meurtrier! voilà donc pourquoi, quand je revenais tout à l'heure de l'église avec la pauvre vieille dame Gertrude... des enfants ont jeté des pierres après nous, en criant : « A la sorcière... » Je lui ai fait croire que cela s'adressait à une autre... et le maître ne revient pas! S'il était arrêté, en effet! Si c'était vrai?... Le voici...

SCÈNE III.

HERMANN, PALMA, *sombre et brusque.*

PALMA.

Eh bien ! est-ce fait?... tout est-il prêt?

HERMANN.

Oui, maître. (*Il le regarde avec inquiétude.*)

PALMA.

Ma mère?...

HERMANN.

Elle m'a dit de l'avertir quand il serait temps...

PALMA.

Qu'as-tu donc à me regarder ainsi?

HERMANN.

Pardon, maître, vous étiez souffrant ce matin, et...

PALMA.

Personne n'est venu?

HERMANN.

Le juif. Voici les ducats. (*Il montre la bourse.*)

PALMA*.

C'est bon. (*Avec brusquerie.*) Eh bien! que faites-vous là?... êtes-vous fou?... Vous me dites que tout est prêt... et ces cadres, et ces toiles... que fait tout cela par terre?

HERMANN, *blessé.*

Maître...

PALMA.

Allons! finissons! terminez cette besogne.

HERMANN.

Maître, vous m'avez habitué à obéir à des prières et non à des ordres.

PALMA.

Ah! est-ce ainsi? Vous avez donc, maître Hermann, l'instinct des oiseaux qui sentent venir l'orage?

HERMANN.

Je suis votre élève, et non votre valet.

PALMA.

C'est juste. Eh! bien, je ne veux plus d'élèves. Partez. Si vous avez besoin d'argent, vous savez où je mets le mien, prenez ce qu'il vous faut. Adieu.

HERMANN.

Adieu, maître... (*Il s'arrête au fond, et y demeure immobile.*)

PALMA.

Hermann! (*Hermann se rapproche.*) Écoute, je rentre ici accablé par la dureté et l'injustice des hommes, et je ne trouve rien de mieux que de me venger sur un innocent... Pardonne-moi, je suis malheureux!

HERMANN.

Merci, maître Johann, merci. Vous pouvez maintenant me malmener aussi rudement que vous voudrez. Je me rappellerai ce que vous venez de me dire, et je souffrirai tout de vous.

PALMA.

Va, mon ami. Je n'ai pas voulu te retenir. Seulement nous ne pouvions nous quitter ainsi, n'est-ce pas? Ta main, Hermann... Adieu. (*Lui prenant la main.*)

HERMANN.

Maître.

PALMA.

Allons. Il le faut, il le faut, tu pars, n'est-ce pas? Nous nous reverrons, Hermann. Les temps changeront, va, va, mon ami.

HERMANN.

Cela est bien dur, maître.

PALMA.

C'est la nécessité qui parle, crois-moi... Encore un mot. (*Il prend la bourse sur la table.*) Tu es pauvre comme moi; nous avons vécu en frères, séparons-nous en frères. Prends, Hermann, prends; songe qu'il est aussi généreux parfois d'accepter un service que de le rendre... Celui qui ne sait pas recevoir de la main d'un ami, n'a pas toutes les vertus de l'amitié... Adieu... (*Hermann prend la bourse en tremblant : il fait lentement deux ou trois pas pour s'éloigner.*)

PALMA, *très-ému, et se contenant.*

Tu sais, sans doute, quel chemin prendre? Où comptes-tu aller?

HERMANN.

Je ne sais pas.

PALMA.

N'as-tu pas des parents, une famille?

HERMANN.

Non.

PALMA.

Mais tu ne peux partir ainsi, au hasard, sans avoir un but. Où iras-tu, enfin?

HERMANN, *se retournant.*

Écoutez-moi, maître Palma : j'ai vécu tristement entre vous et votre mère, dans cette pauvre maison toujours en deuil; jamais une heure de gaîté, jamais un sourire, et, ce qui m'a été plus sensible, jamais une confidence amie. Devant vous, devant votre visage toujours contraint et sombre, je tremble sans cesse, comme un écolier en faute. Voilà ma vie... Eh bien!...

PALMA.

Eh bien?

HERMANN, *très-ému.*

Eh bien! cette vie-là, maître, laissez-la-moi, car je ne sais comment cela se fait, mais auprès de vous tout me plaît, et j'aime mieux la tristesse ici que la joie chez d'autres... J'ai voulu vous dire cela avant de partir... Je n'ai pas de famille, pas d'amis; je n'ai que vous au monde... et à présent... vous pouvez toujours me chasser, maître Johann. Oui, vous le pouvez... mais vous voyez bien que tout sera fini pour moi... et que je ne puis pas, non, que je ne pourrai jamais m'en aller plus loin que le seuil de votre porte.

PALMA, *à part.*

O mon Dieu! (*Haut.*) Entends-moi, Hermann, entends-moi... Je remercie Dieu... C'est la première fois depuis que je vis... Hermann, ce que nulle gloire, ce que nul triomphe humain n'a pu faire sortir de ce cœur, une bénédiction pour la Providence, ta simple bonté vient de l'en arracher... Vois, cher Hermann, j'ai souffert tout ce qu'un homme peut souffrir, je viens à l'heure même d'être insulté, abreuvé d'amers outrages... Mes yeux sont demeurés secs... Eh bien! vois, maintenant je pleure, je pleure. Merci, mon ami. (*Il l'embrasse.*)

HERMANN.

O cher maître!... Ah! juif maudit! vieux fils de Belzébuth! Laissez-moi sortir une minute, maître, je veux causer avec ce lépreux.

PALMA.

Quoi donc? Que t'a dit le juif?

HERMANN.

Maître...

PALMA.

Un mot seulement, Hermann, le crois-tu?... Ils ont des preuves, le crois-tu?

HERMANN.

Maître, il y aurait là tous les juges de la terre qui diraient oui, si vous disiez non, c'est vous que je croirais... L'infâme qui vous disait arrêté!

PALMA.

C'était vrai. Je te dirai tout, Hermann, je t'expliquerai tout; mais, partons, partons. J'ai du courage, je veux vivre, j'ai un ami... (*On entend quelques cris et des murmures au dehors.*)

HERMANN.

Mon Dieu!

PALMA.

Vois ce que c'est.

HERMANN, *qui a regardé sur la terrasse.*

Maître, des paysans s'assemblent autour de la maison.

PALMA.

J'ai trop tardé. Écoute... c'est ma mère qui descend... (*Il regarde à droite.*)

HERMANN.

Oh! la pauvre femme!

PALMA.

Il faut qu'elle ignore cela, entends-tu? Va, laisse-moi avec elle. Va voir ce qui se passe; et s'il y a moyen de partir, tâche d'éloigner ces hommes... Sois prudent : point de violence surtout, tu nous perdrais... Silence devant elle... (*Gertrude paraît.*)

HERMANN.

Je reviens, maître, je reviens. (*Il sort par le fond. La nuit vient peu à peu.*)

SCÈNE IV.

PALMA, GERTRUDE. *Palma va au devant de Gertrude et lui prend la main.*

GERTRUDE.

C'est vous, Johann. Vous avez bien tardé. J'étais inquiète.

JOHANN, *la conduisant à gauche pour la faire asseoir.*

Inquiète?... mais pourquoi donc?

GERTRUDE, *souriant.*

Parce que je le suis toujours, Johann; parce que je suis votre mère; parce que tout bonheur humain a son revers, et que l'inquiétude sans trêve est le revers du bonheur maternel. L'heure de partir n'est-elle pas venue, mon fils?

JOHANN, *regardant avec effroi du côté de la fenêtre.*

Oui, ma mère, Hermann achève de tout préparer. Dans un moment nous partirons.

GERTRUDE. *Elle s'assied.*

Je ne sais pourquoi, mon fils, j'éprouve une sorte de joie à l'instant de nous mettre en route pour ce nouvel exil. Il y a des heures, Johann, où notre âme, triste l'instant d'avant, se sent tout à coup joyeuse, sans qu'il y ait rien de changé dans notre sort. Cette joie vient du ciel. Je l'accepte comme le pressentiment d'un meilleur avenir.

JOHANN, *souriant avec amertume.*

En effet, j'espère que le terme de nos malheurs est prochain.

GERTRUDE.

Oui, j'ai l'espoir que Dieu nous garde enfin, au bout de cette dernière épreuve, une retraite ignorée et tranquille. (*La foule murmure au dehors.*)

JOHANN, *à part.*

Hélas! (*Haut.*) Oui, ignorée et tranquille.

GERTRUDE.

Allez, Johann, croyez-moi, il ne faut pas que les malheureux se fatiguent de prier : Dieu finit toujours par entendre. Il est bon, s'il est juste.

JOHANN, *amèrement.*

Juste et bon, oui, ma mère. Nous n'aurons plus désormais qu'à le remercier. (*Murmures et cris plus violents.*)

GERTRUDE.

Mais quel est donc ce bruit de voix dans la rue?

JOHANN.

Ce sont les pèlerins qui descendent de la chapelle du lac.

GERTRUDE.

Ah! les jeunes fiancés qui viennent faire à Notre-Dame d'Arnheim l'offrande de leurs amours? j'aime cette douce fête, et ces cris de bonheur autour de nous. Vous voyez, Johann, tous les présages sont heureux. Ces bruits de fête vont nous accompagner comme des bénédictions.

JOHANN.

Des bénédictions!... Oui, ma mère, que le ciel les leur rende

GERTRUDE.

D'où vient cette amertume, mon fils? Je ne puis voir votre visage : mais il doit contredire vos paroles. Que se passe-t-il donc, dites?

PALMA.

Rien, ma bonne mère, rien : il y a fête au château pour les fiançailles de la jeune baronne, et fête dans le bourg à cause de ce pèlerinage... Il ne se passe rien de plus, en vérité.

GERTRUDE.

Vous me trompez, Johann; je suis aveugle, mais je suis votre mère, et je vois que vous me trompez!

PALMA.

Je vous jure, ma mère... (*Des cris violents :* A mort! à mort! *Tumulte.*)

GERTRUDE, *se levant.*

Taisez-vous, taisez-vous! ces cris ne mentent pas! Laissez-moi les écouter. (*Hermann rentre les traits bouleversés, il fait à Palma un geste de désespoir.*)

SCÈNE V.

LES MÊMES, HERMANN *.

HERMANN.

Impossible de sortir.

GERTRUDE.

C'est vous, Hermann! Dites, à qui en veut-on, mon bon Hermann, au nom du ciel, parlez-moi! Mon fils, de grace! que signifient ces cris horribles? Ah! ayez pitié de votre mère, Johann! parlez! vous ne pouvez rien me dire qui me soit aussi affreux à supporter que ces ténèbres et cette crainte.

PALMA.

Eh bien! ma mère, un meurtre a été commis, et c'est moi qu'on accuse.

GERTRUDE.

Toi! ô Dieu! toi, mon pauvre enfant! (*On crie :* A mort, à mort l'assassin.) Mais il faut te sauver, il faut te sauver! Hermann, mon Hermann! sauve-le!

HERMANN.

Madame, ils gardent la porte; je l'ai barricadée, mais il n'y a pas de fuite possible.

GERTRUDE.

O mon Dieu, vous êtes inexorable! Fuis, Johann; garde-toi pour ta mère, je t'en prie, mon fils.

PALMA.

Non, non, je ne puis vous laisser ici.

GERTRUDE.

Je n'ai rien à craindre, moi; je te rejoindrai avec Hermann. Ils vont briser la porte, ne les attends pas.

PALMA.

Eh bien! Hermann, protége-la... Ah! par cette fenêtre... (*Il ouvre la fenêtre à gauche. — Cris furieux. — Des pierres brisent les vitres.*) Ne craignez rien, ma mère, je puis leur échapper par la terrasse et par le chemin creux. Hermann, protége-la.

HERMANN.

Partez tranquille, maître.

PALMA. *Il se penche à la fenêtre.*

Ah! misérables! (*Une pierre vient le frapper à la tête; il tombe à la renverse dans la chambre, le front ensanglanté. Il demeure sans mouvement.*)

HERMANN.

Ah! (*Hermann n'ose secourir Palma, de peur que Gertrude ne s'aperçoive de ce malheur. Il reste tremblant, l'œil fixé tantôt sur Gertrude, tantôt sur le corps de Palma. Moment de silence.*)

GERTRUDE.

Eh bien, eh bien! Hermann, je n'entends plus rien... Qu'est-il arrivé?

HERMANN, *tremblant.*

Madame, le maître s'est sauvé.

GERTRUDE.

Sauvé! ah! (*Elle s'agenouille au-dessus de la tête sanglante de Palma.*) Seigneur, je vous remercie! Seigneur, soyez béni! vous m'avez bien durement frappée, mon Dieu, mais cette grâce ne laisse à mes yeux que des larmes reconnaissantes. (*Pour se relever, elle pose une main à terre; sa main rencontre les cheveux et la tête de son fils.*) Grand Dieu, qu'est cela?..... c'est lui!... c'est mon fils!... Du sang!... Il est blessé, dis, Hermann!... il est mort!... Aide-moi, Hermann, aide-moi! Ah! misérable, tu me laissais remercier Dieu sur le corps de mon enfant. (*Entrent des paysans, puis des gardes et le baron d'Arnheim.*)

SCÈNE VI.

LES PRÉCÉDENTS, LE BARON D'ARNHEIM, PAYSANS.

HERMANN.

Vous venez pour arrêter mon maître, monseigneur : il est trop tard. Venez prendre son corps, si vous l'osez, à cette femme qui le garde : c'est sa mère!

LE BARON. *A mesure que le baron parle, Gertrude se redresse et paraît l'écouter avec anxiété.*

Si cette femme est en effet la mère de maître Johann Palma, et si sa piété est telle qu'on le dit, elle doit supporter ce malheur avec résignation, puisqu'il épargne à son fils la flétrissure d'une peine infamante. (*Il n'ose approcher, de peur de troubler la douleur de Gertrude.*)

GERTRUDE, *au comble de l'étonnement et de l'effroi, à Hermann.*

Quel est l'homme qui vient de parler?

HERMANN.

C'est le baron d'Arnheim.

GERTRUDE.

Le baron d'Arnheim!... Ne te trompes-tu pas, Hermann?

LE BARON, *aux gardes.*

Vous n'avez plus rien à faire ici; laissez cette femme à sa douleur... La justice de Dieu a prévenu la nôtre. (*Il sort, ensuite tout le monde.*)

GERTRUDE.

Réponds encore, Hermann, quelle est cette voix?

HERMANN.

C'est la voix du baron d'Arnheim.

GERTRUDE.

Du baron d'Arnheim!... Non, tu m'abuses!... non... mon oreille n'a pu se tromper! O Seigneur, voilà donc votre équité! (*Posant sa main sur la poitrine de Palma.*) Mais... mon Dieu!... son cœur bat! Hermann, mon fils est vivant!

HERMANN.

Oh! silence! silence! madame Gertrude!

GERTRUDE, *avec joie, criant.*

Vivant! vivant!

ACTE V.

Le Cimetière du Lac.

Au premier plan, un chemin traversant la largeur du théâtre; au second plan, s'élève, à partir du bord du chemin, une colline praticable qui se continue dans la coulisse à gauche, et qui est coupée à pic sur la droite, vers le milieu du théâtre. Un sentier descend du haut de la colline; au bas de la colline est un mur, sur le devant est une petite porte à barreaux et un petit tertre avec un bâton et une couronne attachée après. A droite, au fond, un lac baignant le pied de la colline. — Il est nuit. La lune éclaire le lac et une partie de la colline.

SCÈNE I.

Au lever du rideau, un chœur de pèlerins chante au loin.

O blanche païenne!
O, lune sereine,
Qu'aiment les amants,
Voici l'heure, ô reine,
Où ta main égrène
De purs diamants.
Verse-nous, déesse profane,
Des nuits plus douces que les jours :

Comme à ton jeune amant, Diane,
Verse-nous d'immortels amours.

C'est l'heure chrétienne,
Marie, ô gardienne
Des chastes ferveurs,
Où l'étoile reine
Apparait soudaine
Aux pâtres rêveurs.
Comme le tien, douce patronne,
Fais-nous un hymen éternel,
Et ceins nos fronts de la couronne
Qui pare ton front maternel.

Pendant ces couplets, Justus et Roschen descendent le sentier de la colline. Ils sont en costume de pèlerins. Le chant continue.

ROSCHEN.

Vous êtes contrariant, Justus; j'aurais eu du plaisir à entendre de près les chants de ces pèlerins italiens, et vous m'avez emmenée tout justement comme ils vont commencer.

JUSTUS.

D'abord, mademoiselle Roschen, je vous dirai que je n'aime pas la musique; et puis, ces italiens et ces italiennes, tout pèlerins qu'ils sont, chantent des choses que je préfère vous laisser ignorer.

ROSCHEN.

Et pourquoi, s'il vous plaît, monsieur Justus?

JUSTUS.

Vous êtes une femme, Roschen, et moi je suis un homme.

ROSCHEN.

Ensuite?

JUSTUS.

Ensuite, nous sommes fiancés : nous venons de faire à Notre-Dame d'Arnheim le pèlerinage des fiançailles, selon le vieil usage du pays. Nous allons être mari et femme, enfin.

ROSCHEN.

Eh bien?

JUSTUS.

Ah ! mon Dieu! ces femmes ne comprennent rien!... Eh bien! je ne veux pas que ma femme aime la musique, puisque je ne l'aime pas, là.

ROSCHEN.

Chut!... laissez-moi écouter... je suis lasse aussi bien... et je veux m'asseoir un moment. (*Elle s'assied sur une pierre au bas de la colline. Chœur dans le lointain.*) C'est un hymne à la Vierge de la chapelle. Je suis fâchée qu'ils s'éloignent.

JUSTUS, *qui a regardé à travers les barreaux.*

Eh! Seigneur! partons, Roschen, partons promptement!... Savez-vous où nous sommes ici?

ROSCHEN.

Eh bien, quoi! où sommes-nous donc?

JUSTUS.

Ce mur, c'est le mur du cimetière d'Arnheim.

ROSCHEN, *montant sur le tertre où est la couronne, et regardant à travers les barreaux.*

Oh! qu'il est joli! il est tout plein de roses d'avril! Est-ce que vous avez peur, monsieur Justus. Ces cimetières fleuris sont les jardins des pauvres, comme dit ma mère! Moi, j'ai peur dans les grands caveaux sombres des églises, mais ceux qui dorment là sous des roses ne me font pas peur.

JUSTUS, *apercevant le bâton et la couronne.*

Eh! mais, descendez donc de cette pierre, malheureuse. C'est là qu'a été enterré ce matin ce meurtrier qu'on n'a pas voulu mettre en terre sainte.

ROSCHEN.

Qui donc?

JUSTUS.

Ce scélérat, l'homme qui était à notre auberge dans la nuit du Vendredi-Saint.

ROSCHEN.

Et qui a été tué hier par ces méchants paysans...

JUSTUS.

Méchants! Ils ont bien fait.

ROSCHEN.

Ce pauvre homme avait l'air si malheureux!

JUSTUS.

Si malheureux! Ah! Seigneur! voilà bien les femmes! Chut!... il me semble que j'ai entendu du bruit... un bruit de pas... (*Il écout. au fond à droite.*)

ROSCHEN, *riant.*

C'est quelque revenant qui se promène au clair de lune pour se distraire.

JUSTUS, *de plus en plus tremblant.*

Que vous êtes enfant, Roschen! vous croyez aux revenants... je... je suis sûr que vous y croyez... je... je veux bien, par égard pour votre faiblesse... m'en... m'en aller...

ROSCHEN, *regardant à droite.*

Mais en effet.... j'entends des pas... C'est une femme... voyez...

JUSTUS, *au comble de l'émotion.*

Ah! mon Dieu! une femme blanche. Venez, Roschen, et... ne craignez rien... je... je suis là... (*Il recule toujours jusqu'au fond.*) Ah! mon Dieu! (*Il se cache derrière un arbre.*)

SCÈNE II.

LES MÊMES, CHRISTEL, *en robe blanche.*

CHRISTEL, *venant du fond à droite.*

Voilà bien la colline... c'est ici...

ROSCHEN, *à part.*

Comme elle semble triste! (*Haut, faisant la révérence.*) Votre servante, madame.

JUSTUS, *passant à droite et se tenant toujours éloigné.*

Je crois que la malheureuse lui a parlé!

CHRISTEL, *avec effroi.*

Des étrangers!...

ROSCHEN.

Oh! ne craignez rien, madame, c'est Justus, mon fiancé; et moi, je suis la petite Roschen, de Borghetto; si vous avez perdu votre route, nous vous aiderons à la retrouver.

JUSTUS.

Oh! ces femmes!... quoi! il faut que cela jase, fût-ce avec le diable!

CHRISTEL.

Je vous remercie, mon enfant... je ne me suis pas trompée de route... C'est bien ici que je voulais venir...

ROSCHEN.

Au cimetière du Lac?

CHRISTEL.

Oui... au cimetière du Lac... je croyais le trouver désert à cette heure de nuit, et...

ROSCHEN.

Oh! je vous comprends bien, madame... vous voudriez être seule... je vois que vous avez des larmes dans vos beaux yeux... et je sais bien qu'on aime à être seul quand on veut pleurer...

CHRISTEL.

Chère enfant, mon chemin conduit à une tombe; le tien, à la maison de ton fiancé... que Dieu t'accompagne, innocente fille!

ROSCHEN.

Adieu, chère bonne dame... je veux prier pour vous, et pour celui que vous venez pleurer... dites-moi son nom?

CHRISTEL.

Prie pour les malheureux, pauvre enfant; tu prieras pour lui et pour moi... Adieu!

ROSCHEN.

Adieu!... Oh! je prierai, je prierai pour vous... (*Elle s'éloigne lentement à droite.*)

JUSTUS, *à Roschen.*

Je te disais bien, moi, que ce n'était qu'une femme! (*Ils s'éloignent par le fond, à droite.*)

SCÈNE III.

CHRISTEL, *seule.*

Mon Dieu! vous qui voyez mon cœur, et qui savez pourquoi je suis venue, soutenez jusqu'au bout mon courage. (*Elle s'agenouille sur le tertre, à gauche.*) Ame de ma mère! soyez présente! O chère âme! qui avez avant moi connu la douleur et pratiqué l'obéissance, assistez à cette heure solennelle une fille digne de vous!... Entends-moi, Johann! je viens ensevelir près de toi le secret de mon cœur!... Johann! je t'ai aimé ardemment, reçois les premières larmes que j'aie pu verser librement... reçois la première parole d'amour de cette bouche, et la dernière... (*Johann Palma paraît sur bord de l'escarpement. La lune éclaire son visage. Christel ne le voit pas, et continue.*) Johann, nous sommes à la fête des fiançailles; et moi aussi, je suis venue au doux pèlerinage!... Voici l'anneau de ta fiancée, ô mon amant! Ame de ma mère, soyez notre témoin! (*Elle reste agenouillée. Palma est descendu peu à peu pendant ce récit, et se trouve près d'elle.*)

SCÈNE IV.

CHRISTEL, PALMA.

PALMA, *à demi-voix.*

Christel! Christel!

CHRISTEL, *se relevant et voyant Palma, pousse un cri.*

Ah! Johann! c'est vous, Johann!

PALMA, *avec joie. Christel se rapproche tremblante et incertaine Palma l'attend à genoux.*

Oui, c'est moi, Christel.

CHRISTEL, *allant à lui et lui prenant les mains.*

Vivant! Où suis-je? Est-ce un songe, mon Dieu?

PALMA.

Non, c'est un réveil, ma bien-aimée!

CHRISTEL, *avec amour.*

Oh! cette heure et ce lieu me rendent superstitieuse... j'ai peur... je tremble... je vous regarde avec effroi, en songeant aux trompeuses apparitions de la nuit...

PALMA.

Christel!

CHRISTEL, *vivement.*

Oh! si j'ai peur, Johann, c'est parce qu'elles sont fugitives!... Je tremble seulement que le premier rayon du jour ne dissipe cette illusion adorée! Mais dites, dites, Johann, rassurez-moi, dites par quel miracle vous vivez! Cette blessure terrible?...

PALMA.

Le sang qui couvrait mon visage, mon long évanouissement, ont trompé d'abord ma mère elle-même... mais cette blessure n'était point grave...

CHRISTEL.

Mais ces funérailles... cette tombe?...

PALMA.

On me croyait mort, cette croyance me rendait la liberté, le repos, qui m'ont toujours fui; la tendre amitié d'Hermann a tout fait pour achever d'abuser le monde... Mais, vous, Christel, vous n'êtes pas de ce monde, et je ne pouvais vous laisser abusée comme lui.

CHRISTEL.

Et vous êtes revenu pour moi... je ne vous demande pas si vous m'aimez, Johann, je le crois, j'en suis sûre, et pourtant dites-le-moi.

PALMA.

Chère âme!...

CHRISTEL.

Si vous saviez quelle vie était la mienne dans ce sombre château, sous l'œil glacial de mon père; si vous saviez tout ce qui s'est amassé dans mon sein de douleurs étouffées... hélas! vous comprendriez mieux cette confiance... vous pardonneriez mieux à mon cœur de laisser ainsi se répandre tous ses pleurs et tous ses aveux... (*Le chœur reprend très-éloigné.*)

PALMA, *pendant que le chœur chante au loin.*

Pleure, pleure sans crainte, enfant bien-aimée... pleure librement toutes tes larmes captives... Dieu seul et moi nous sommes là pour recueillir tes pieuses douleurs; verse tes larmes avec la rosée de cette nuit sereine, enfant pure comme elle!...

CHRISTEL.

Oh! que ces chants lointains sont doux!... (*Tout à coup avec effroi.*) Mais j'y songe... il faut partir... Johann, il faut vous éloigner... si vous étiez surpris, reconnu, ce serait fait de vous!...

PALMA.

M'éloigner! il le faut... et pour toujours, oui!... Mais vous, Christel, vous?

CHRISTEL.

Ne songez pas à moi... je me souviendrai!... partez! partez!...

HERMANN, *au fond, avec Gertrude dans une barque.*

Maître, je suis là... avec dame Gertrude... (*Ils disparaissent à droite.*)

PALMA, *à Hermann.*

Bien! ma mère, je vous rejoins... (*A Christel.*) Christel, cette tombe qui s'est refermée sur mon nom m'a rendu ma liberté!... jette ton voile sur ce lac, fais croire à ta mort, et cette barque qui est là va nous emmener tous deux loin du monde, libres, oubliés, heureux!

CHRISTEL.

Non! je ne puis!... non! partez sans moi!...

PALMA.

Partir sans vous!... vous laisser ici!... Mais savez-vous à qui vous allez être livrée?... savez-vous qui sont ces deux hommes, les hôtes de votre père?...

CHRISTEL.

Ces deux hommes?...

PALMA.

Ces deux hommes sont deux assassins.

CHRISTEL.

Grand Dieu!

PALMA.

Savez-vous qui a commis ce crime dont on m'accuse?...

CHRISTEL.

Ce crime!

PALMA.

Ce sont ces deux hommes! Et savez-vous pourquoi j'ai courbé le front sous l'accusation qu'on m'intentait... pourquoi je traîne ma vie misérable d'exil en exil?... Et lorsque je passe sur le lieu d'une exécution, savez-vous pourquoi je détourne la tête en frémissant?... C'est parce que je tremble de reconnaître dans ceux qui vont mourir, ces deux hommes, mon père et mon frère...

CHRISTEL.

Oh! (*Apercevant Christian et Franz.*) Johann! Johann! regarde... ce sont eux!

PALMA, *avec force.*

Eux! Vous, encore vous, messieurs!

SCÈNE V.

LES MÊMES, CHRISTIAN, FRANZ *.

CHRISTIAN.

Oui, Johann, je savais tout; loin de vous trahir, j'étais heureux de votre fuite. Maintenant encore, je ne demande qu'à vous sauver... Partez donc... mais partez seul...

PALMA.

Sans elle... jamais!

FRANZ.

Johann... vous n'avez pas un instant à perdre... fuyez! (*Gertrude entre, conduite par Hermann.*)

CHRISTIAN.

Vous êtes perdu, vous dis-je. Le baron est sur nos pas... il sait tout... vous n'avez pas de grâce à espérer.

PALMA.

Mon père, est-ce votre dernier crime envers moi?

CHRISTIAN.

Un crime!... non, Johann, c'est mon premier bienfait!... Johann, j'ai brisé sans pitié tous les obstacles qui ont pu se trouver entre moi et mon but... devant vous seul je m'arrête... et je vous supplie de vous écarter de mon chemin. Au nom du ciel, partez!...

PALMA.

Jamais!

CHRISTIAN.

Alors, Johann, n'accusez que vous de la mort qui vous attend. (*Gertrude, guidée par la voix de Christian, s'approche de lui et lui saisit le bras. Christian se retourne avec effroi.*) Gertrude!

SCÈNE VI.

CHRISTEL, PALMA, CHRISTIAN, FRANZ, GERTRUDE, HERMANN **.

GERTRUDE, *le reconnaissant.*

Christian!

FRANZ, *à Christian.*

Ma mère!

CHRISTIAN.

Silence!

GERTRUDE.

C'est vous, Christian! Ce sont eux, dis, Johann?... (*Prenant la main de Johann.*) Ah! c'est vous, messieurs, vous ici, sous des noms qui ne sont pas les vôtres!... Et il y a eu un crime de commis, et c'est mon fils Johann qu'on accuse!... Et tout innocent qu'il est, il ne s'est pas défendu!... Ah! je comprends tout, à présent!... Et vous le laissiez mourir!

CHRISTIAN.

Madame!...

GERTRUDE.

Ah! votre haine, cette fois, vous a mené trop loin! Si Dieu a permis cette rencontre entre nous deux, c'est qu'il est las de vous, c'est que l'heure de la justice est venue pour cet enfant innocent. C'est moi qui vais délier tes lèvres, si fidèles au devoir, mon Johann! Ne crains plus rien.

CHRISTIAN.

Madame, taisez-vous!

PALMA.

Parlez, ma mère.

CHRISTIAN, *avec force.*

Gertrude, prenez garde à vos paroles.

GERTRUDE.

Que m'importe! Il me méprisera... mais il ne mourra pas!... Viens, mon Johann, viens que je t'embrasse... C'est peut-être la dernière fois que tu souffres un baiser de ta mère! (*Elle l'embrasse.*)

CHRISTIAN.

Malheur!

GERTRUDE.

Oh! vous ne me faites plus peur!... En m'accablant d'une misère qui ne peut plus être surpassée, vous avez perdu sur moi tout empire... Écoute, Johann... cet homme n'est pas ton père!

PALMA.

Que dites-vous?

GERTRUDE.

Je t'ai trompé; car ton respect, mon enfant, était le seul bien qui me restât au monde, et je ne voulais pas le perdre... Oui, je t'ai trompé, pardonne-moi! cet homme n'est pas ton père! Il est un étranger pour toi! je te le jure sur mon salut éternel!... Tu vois qu'il ne me contredit pas!

PALMA, *avec force.*

Dieu tout-puissant!... il n'est pas mon père!... Depuis tant d'années j'ai supporté tous les outrages!... toutes les misères... Et j'allais souffrir une mort honteuse... pour lui... pour lui.. Et il n'est pas mon père! Ah! Hermann, donne-moi ton épée! (*Il saisit l'épée d'Hermann, et se met en garde.*)

GERTRUDE.

Malheureuse, qu'ai-je fait! (*Elle se trouve près d'Hermann et lui arrête le bras. Franz de son côté arrête son père, dont l'épée croise celle d'Hermann.*)

CHRISTIAN, *à Franz.*

Laissez, laissez, Franz!

SCÈNE VII.

LES MÊMES, LE BARON D'ARNHEIM, DOMESTIQUES.

LE BARON, *à sa fille.*

Malheureuse!... (*Aux domestiques.*) Qu'on s'empare de cet homme.

PALMA, *au baron, jetant l'épée.*

Ah! monseigneur! monseigneur, vous êtes le bienvenu! Je vous ai dit qu'il me suffisait d'un mot pour me justifier: ce mot, le ciel permet enfin que je le prononce, monseigneur.

CHRISTIAN, *l'interrompant*

Taisez-vous, Johann! ce serait la première action mauvaise de votre vie. enfant, je ne vous la laisserai pas commettre... Je sens qu'une volonté plus puissante que la mienne nous a tous rassemblés ici... C'est bien! le moment est venu. (*Il fait signe au baron d'éloigner ses domestiques, le baron se retourne vers eux et d'un geste les fait sortir.*)

LE BARON *.

Que voulez-vous dire?

GERTRUDE.

Oh! Dieu! encore cette voix!

CHRISTIAN.

Baron d'Arnheim, les deux rebelles italiens que vous attendiez sont morts. La main qui les a frappés est celle qui vous frappa vous-même il y a sept ans. Et cette main, c'est la mienne!

LE BARON.

Quel est donc cet homme?

CHRISTIAN.

Cet homme, monseigneur, est celui que vous avez fait châtier lâchement comme un valet, quand il a osé vous demander compte de son honneur perdu, de sa vie brisée. Cet homme, vous croyiez, n'est-ce pas, que la honte l'avait tué? Eh bien! non! la honte l'a fait vivre pour se venger.. et le voilà.

LE BARON.

Je ne puis comprendre... vous m'êtes inconnu.

CHRISTIAN, *prenant violemment Gertrude par la main et l'amenant devant le baron* **.

Et cette femme, vous est-elle inconnue aussi, dites?

LE BARON.

Je ne connais pas cette femme.

CHRISTIAN.

Sa mémoire est donc plus fidèle que la vôtre, car elle a reconnu votre voix, et vous méconnaissez son visage, baron d'Arnheim, qui vous appeliez, à Prague, Wilhelm, duc d'Erstal!

LE BARON.

Gertrude!...

CHRISTIAN.

Il paraît, madame, que vous l'aimiez plus qu'il ne vous aimait, au moins...

PALMA.

Ma mère, que dit-il donc?

GERTRUDE.

Wilhem! Christian! n'ai-je pas assez souffert? Oh! grâce, pitié, devant mon fils!

CHRISTIAN.

Maître Palma, soyez mon juge maintenant!.. Johann, pendant quinze ans je vous ai cru mon fils!... je vous ai élevé, aimé comme mon enfant. Un jour, une preuve qu'on n'a même pu contester, est venue me dire que ma tendresse s'était égarée... que j'avais, durant quinze ans, entendez-vous, serré dans mes bras l'enfant d'un étranger, le témoignage de ma honte.

PALMA.

Monsieur!...

CHRISTIAN.

Comprenez-vous bien, Johann?... on a, pendant toute sa vie, à force de patience, de courage, de vertu, conservé son nom honorable, conquis l'estime publique; et cet édifice laborieux, cet ouvrage de toute une noble existence... voilà que la main d'une femme vicieuse et le souffle d'un débauché le renversent en un moment... présent, avenir, tout s'écroule! le passé même, car on doute de ses enfants.

PALMA.

O ma mère!

GERTRUDE, *à gauche de Christian.*

Grâce, Christian!

LE BARON, *de l'autre côté.*

Monsieur, grâce devant ma fille!

CHRISTIAN, *se trouvant au milieu et les amenant sur le devant.*

Osez-vous demander grâce devant cette œuvre de misère et d'infamie qui est la vôtre, et que Dieu déroule à cette heure sous vos yeux? A qui demandez-vous grâce? est-ce à moi qui, par votre faute, n'ai pu donner à mon fils que le pain de l'exil et de l'opprobre? est-ce à lui, ombre misérable d'un homme qui n'aura pas vécu? A qui demandez-vous grâce? est-ce à ces deux enfants dont la vie douloureuse est couronnée par un amour criminel? est-ce au frère ou à la sœur?

CHRISTEL.

Mon Dieu! mon Dieu!

CHRISTIAN.

Point de grâce, vous dis-je! Si le ciel donnait plus souvent en spectacle aux épouses et aux mères des malheurs comme ceux-ci, les épouses et les mères se respecteraient mieux, et seraient mieux respectées! Baron d'Arnheim, Dieu te maudit, Dieu est juste...

LE BARON.

Misérable!... tu lui rendras compte aujourd'hui de ta cruauté envers tous. (*Allant au fond.*) A moi! à moi!

CHRISTIAN.

Tu lui rendras compte avant moi, Wilhelm d'Erstal! (*Il passe à droite, et tire un pistolet qu'il a sur lui.*) Ce que j'ai commencé, je l'achève. (*Il fait feu sur le baron.*)

PALMA, *s'élançant devant le baron.*

Malheureux!... Mon père! Ah! (*Il tombe frappé.*)

LE BARON, *le soutenant.*

Oh! mon fils!

CHRISTEL, *tombant à genoux près de Palma.*

Mon frère!

FRANZ, *à Christian.*

Qu'avez-vous fait!

HERMANN.

Oh! mon maître!... (*Moment de silence.*)

GERTRUDE.

Qui a été frappé? qui, au nom du ciel?... Hermann, qui donc? — Wilhelm, parlez-moi: mon fils?

CHRISTIAN.

Il est mort. Soyez maudite de tous, femme adultère!... Soyez maudite!

PALMA *se soulevant.*

Ma mère! ma mère, moi, je vous pardonne. (*Il retombe mort.*)

FIN.

LIBRAIRIE DE MICHEL LÉVY FRÈRES, RUE VIVIENNE, 2 BIS

UN franc le volume

COLLECTION MICHEL LÉVY

Choix de meilleurs ouvrages contemporains

FORMAT GRAND IN-18, IMPRIMÉ SUR BEAU PAPIER SATINÉ, CONTENANT LA MATIÈRE DE 2 OU 3 VOLUMES IN-8°

IL PARAIT UN OU DEUX VOLUMES TOUS LES HUIT JOURS. — 450 VOLUMES SONT EN VENTE

Les mêmes ouvrages, reliure anglaise (toile), en ajoutant 50 centimes par volume

AMÉDÉE ACHARD — vol.
Parisiennes et Provinciales.......... 1
Brunes et Blondes.......... 1
Les dernières Marquises.......... 1
Les Femmes honnêtes.......... 1

ADOLPHE ADAM
Souvenirs d'un Musicien.......... 1
Derniers souvenirs d'un Musicien.... 1

GUSTAVE D'ALAUX
L'Empereur Soulouque et son Empire. 1

ACHIM D'ARNIM
Traduction Th. Gautier fils.
Contes bizarres.......... 1

XAVIER AUBRYET
La Femme de vingt-cinq ans.......... 1

ÉMILE AUGIER
Poésies complètes.......... 1

J. AUTRAN
Milianah (épis. des guerr. d'Afrique). 1

THÉODORE DE BANVILLE
Odes funambulesques.......... 1

CHARLES BARBARA
Histoires émouvantes.......... 1

ROGER DE BEAUVOIR
Le Chevalier de Saint-Georges.......... 1
Aventurières et Courtisanes.......... 1
Histoires cavalières.......... 1

A. DE BERNARD
Le Portrait de la Marquise.......... 1

CHARLES DE BERNARD
Le Nœud gordien.......... 1
Un Homme sérieux.......... 1
Gerfaut.......... 1
Les Ailes d'Icare.......... 1
Le Gentilhomme campagnard.......... 2
Un Beau-Père.......... 2
Le Paravent.......... 1
La Peau du Lion.......... 1
L'Écueil.......... 1

Mme C. BERTON (NÉE SAMSON)
Le Bonheur impossible.......... 1

LOUIS BOUILHET
Melænis, conte romain.......... 1

ALFRED DE BRÉHAT
Scènes de la vie contemporaine.......... 1

MAX BUCHON
En Province.......... 1

H. BLAZE DE BURY
Musiciens contemporains.......... 1

ÉMILIE CARLEN
Traduction Marie Souvestre.
Deux Jeunes Femmes ou un an de mariage.......... 1

LOUIS DE CARNÉ
Un Drame sous la Terreur.......... 1

ÉMILE CARREY
L'Amazone.— Huit jours sous l'Équateur.......... 1
Les Métis de la Savane.......... 1
Les Révoltés du Para.......... 1
Récits de Kabylie.......... 1

CÉLESTE DE CHABRILLAN
Les Voleurs d'or.......... 1
La Sapho.......... 1

CHAMPFLEURY
Les premiers Beaux Jours.......... 1
Aventures de mademoiselle Mariette.. 1
Le Réalisme.......... 1
Les Excentriques.......... 1
Les Souffrances du Professeur Delteil 1
L'Usurier Blaizot.......... 1
Souvenirs des Funambules.......... 1

HENRI CONSCIENCE
Traduction Léon Wocquier.
Scènes de la Vie flamande.......... 2
Le Fléau du Village.......... 1
Le Démon de l'Argent.......... 1
La Mère Job.......... 1
Heures du Soir.......... 1
Veillées flamandes.......... 1
L'Orpheline.......... 1
La Guerre des Paysans.......... 1

CUVILLIER-FLEURY
Voyages et Voyageurs.......... 1

LA COMTESSE DASH
Les Bals masqués.......... 1
Le Jeu de la reine.......... 1
La Chaîne d'Or.......... 1
Le Fruit défendu.......... 1

LE GÉNÉRAL DAUMAS
Le Grand Désert.......... 1
Les Chevaux du Sahara.......... 1

LE DIABLE A PARIS — vol.
Le Tiroir du Diable.......... 1
Les Parisiennes à Paris.......... 1
Paris et les Parisiens.......... 1

CHARLES DICKENS
Traduction Amédée Pichot.
Le Neveu de ma Tante.......... 2
Contes et Nouvelles.......... 1

OCTAVE DIDIER
Madame Georges.......... 1
Une Fille de Roi.......... 1

ALEXANDRE DUMAS FILS
Aventures de quatre Femmes.......... 1
La Vie à vingt ans.......... 1
Antonine.......... 1
La Dame aux Camélias.......... 1
La Boîte d'Argent.......... 1

XAVIER EYMA
Les Peaux noires.......... 1

PAUL FÉVAL
Le Tueur de Tigres.......... 1
Les dernières Fées.......... 1

GUSTAVE FLAUBERT
Madame Bovary.......... 2

VALOIS DE FORVILLE
Le Marquis de Pazaval.......... 1

EUGÈNE FROMENTIN
Un Été dans le Sahara.......... 1

THÉOPHILE GAUTIER
Les Beaux-Arts en Europe.......... 2
Constantinople.......... 1
L'Art moderne.......... 1
Les Grotesques.......... 1

Mme ÉMILE DE GIRARDIN
Le vic. de Launay (seule édit. comp). 4
Marguerite.......... 1
Nouvelles.......... 1
M. le marquis de Pontanges.......... 1
Poésies complètes.......... 1
Contes d'une vieille Fille à ses Neveux. 1

LÉON GOZLAN
Les Châteaux de France.......... 2
Le Notaire de Chantilly.......... 1
Les Émotions de Polydore Marasquin. 1
Le Dragon rouge.......... 1
Le Médecin du Pecq.......... 1
Histoire de 130 femmes.......... 1
Les Nuits du Père-Lachaise.......... 1
La Famille Lambert.......... 1
La dernière Sœur grise.......... 1

HILDEBRAND
Traduction Léon Wocquier.
Scènes de la Vie hollandaise.......... 1

HOFFMANN
Traduction Champfleury.
Contes posthumes.......... 1

ARSÈNE HOUSSAYE
Les Femmes comme elles sont.......... 1
L'Amour comme il est.......... 1

CHARLES HUGO
La Chaise de paille.......... 1

FRANÇOIS-VICTOR HUGO
Traducteur.
Sonnets de Shakespeare.......... 1
Le Faust anglais de Marlowe.......... 1

F. HUGONNET
Souvenirs d'un Chef de bureau arabe. 1

ALPHONSE KARR
Les Femmes.......... 1
Agathe et Cécile.......... 1
Promenades hors de mon jardin.......... 1
Sous les Tilleuls.......... 1
Les Fleurs.......... 1
Sous les Orangers.......... 1
Voyage autour de mon jardin.......... 1
Une poignée de Vérités.......... 1
La Pénélope normande.......... 1
Encore les Femmes.......... 1
Menus Propos.......... 1
Les Soirées de Sainte-Adresse.......... 1
Trois cents Pages.......... 1
Les Guêpes.......... 6

A. DE LAMARTINE
Les Confidences.......... 1
Nouvelles Confidences.......... 1
Toussaint Louverture.......... 1

VICTOR DE LAPRADE
Psyché.......... 1

THÉOPHILE LAVALLÉE
Histoire de Paris.......... 2

JULES LECOMTE
Le Poignard de Cristal.......... 1

JULES DE LA MADELÈNE
Les Ames en peine.......... 1

FÉLICIEN MALLEFILLE
Le Capitaine La Rose.......... 1
Marcel.......... 1

X. MARMIER — vol.
Au bord de la Newa.......... 1
Les Drames intimes.......... 1

LE Dr FÉLIX MAYNARD
De Delhi à Cawnpore.......... 1
Un Drame dans les Mers boréales.... 1

MÉRY
Les Nuits anglaises.......... 1
Une Histoire de Famille.......... 1
Salons et Souterrains de Paris.......... 1
André Chénier.......... 1
Les Nuits italiennes.......... 1

PAUL MEURICE
Scènes du Foyer (la famille Aubry).. 1
Les Tyrans du Village.......... 1

PAUL DE MOLÈNES
Mémoires d'un Gentilhomme du siècle dernier.......... 1
Caractères et récits du temps.......... 1

FÉLIX MORNAND
La Vie arabe.......... 1
Bernerette.......... 1

HENRY MURGER
Le dernier Rendez-vous.......... 1
Le Pays Latin.......... 1
Scènes de Campagne.......... 1
Les Buveurs d'eau.......... 1
Les Vacances de Camille.......... 1
Les Amoureuses.......... 1
Propos de ville et Propos de théâtre. 1
Scènes de la vie de jeunesse.......... 1
Le Roman de toutes les Femmes.......... 1
Scènes de la Vie de bohème.......... 1
Le Sabot rouge.......... 1

PAUL DE MUSSET
La Bavolette.......... 1
Puylaurens.......... 1

NADAR
Quand j'étais Étudiant.......... 1
Le Miroir aux Alouettes.......... 1

GÉRARD DE NERVAL
La Bohême galante.......... 1
Le marquis de Fayolle.......... 1
Les Filles du Feu.......... 1

CHARLES NODIER
Traducteur.
Le Vicaire de Wakefield.......... 1

AMÉDÉE PICHOT
Les Poëtes amoureux.......... 1

ÉDOUARD PLOUVIER
Les dernières Amours.......... 1

EDGAR POE
Traduction Ch. Baudelaire.
Histoires extraordinaires.......... 1
Nouvelles Histoires extraordinaires.. 1
Aventures d'Arthur Gordon Pym.... 1

F. PONSARD
Études antiques.......... 1

A. DE PONTMARTIN
Contes et Nouvelles.......... 1
Mémoires d'un Notaire.......... 1
La Fin du Procès.......... 1
Contes d'un Planteur de choux.......... 1
Pourquoi je reste à la campagne.......... 1

MAX RADIGUET
Souvenirs de l'Amérique espagnole.. 1

B. H. RÉVOIL
Traducteur.
Les Harems du Nouveau-Monde.......... 1

LOUIS REYBAUD
Le dernier des Commis Voyageurs.... 1
Le Coq du Clocher.......... 1
L'Industrie en Europe.......... 1
Jérôme Paturot. — Position sociale.... 1
Jérôme Paturot. — République.......... 1
Ce qu'on peut voir dans une rue.......... 1
La comtesse de Mauléon.......... 1
La Vie à rebours.......... 1

CHARLES DE LA ROUNAT
La Comédie de l'Amour.......... 1

JULES DE SAINT-FÉLIX
Scènes de la Vie de Gentilhomme.......... 1

JULES SANDEAU
Sacs et Parchemins.......... 1
Nouvelles.......... 1

EUGÈNE SCRIBE
Théâtre (Ouvrage complet) 20
Comédies.......... 3 vol.
Opéras.......... 2
Opéras-Comiques.......... 5
Comédies-Vaudevilles.......... 10
Nouvelles.......... 1
Historiettes et Proverbes.......... 1
Piquillo Alliaga.......... 3

GEORGE SAND — vol.
Histoire de ma Vie (Ouvrage compl.). 10
Mauprat.......... 1
Valentine.......... 1
Indiana.......... 1
Jeanne.......... 1
La Mare au Diable.......... 1
La petite Fadette.......... 1
François le Champi.......... 1
Teverino. — Léone Léoni.......... 1
Consuelo.......... 3
La comtesse de Rudolstadt.......... 2
André.......... 1
Horace.......... 1
Jacques.......... 1
Lettres d'un voyageur.......... 1
Lélia.—Metella.—Melchior.—Cora... 2
Lucrezia Floriani.—Lavinia.......... 1
Le Péché de M. Antoine.......... 2
Le Piccinino.......... 2
Le Meunier d'Angibault.......... 1
Simon.......... 1
La dernière Aldini.......... 1
Le Secrétaire intime.......... 1

ALBÉRIC SECOND
A quoi tient l'Amour.......... 1

FRÉDÉRIC SOULIÉ
Les Mémoires du Diable.......... 2
Confession générale.......... 2
Les Deux Cadavres.......... 1
Les Quatre Sœurs.......... 1
Au Jour le Jour.......... 1
Marguerite. — Le Maître d'École.... 1
Le Bananier. — Eulalie Pontois.... 1
Si Jeunesse savait... si Vieil. pouvait. 2
Huit Jours au Château.......... 1
Le Conseiller d'État.......... 1
Un Malheur complet.......... 1
Le Magnétiseur.......... 1
La Lionne.......... 1
Le Port de Créteil.......... 1
Les Drames inconnus.......... 1
La Comtesse de Monrion.......... 1
La Maison no 3 de la rue de Provence. 1
Aventures d'un Cadet de Famille..... 1
Amours de Victor Bonsenne.......... 1
Olivier Duhamel.......... 1
Les Forgerons.......... 1
Un Été à Meudon.......... 1
Le Château des Pyrénées.......... 2
Le Lion amoureux. — Les Prétendus. 1

ÉMILE SOUVESTRE
Un Philosophe sous les toits.......... 1
Confessions d'un Ouvrier.......... 1
Au coin du Feu.......... 1
Scènes de la Vie intime.......... 1
Chroniques de la Mer.......... 1
Les Clairières.......... 1
Scènes de la Chouannerie.......... 1
Dans la Prairie.......... 1
Les derniers Paysans.......... 1
En Quarantaine.......... 1
Sur la Pelouse.......... 1
Les Soirées de Meudon.......... 1
Souvenirs d'un Vieillard, la dern. étape 1
Scènes et Récits des Alpes.......... 1
Les Anges du Foyer.......... 1
L'Échelle de femmes.......... 1
La Goutte d'Eau.......... 1
Sous les Filets.......... 1
Le Foyer breton.......... 2
Les derniers Bretons.......... 2
Riche et Pauvre.......... 1
Les Péchés de Jeunesse.......... 1
Les Réprouvés et les Élus.......... 2
En Famille.......... 1
Contes et Nouvelles.......... 1
Les Drames parisiens.......... 1
Pierre et Jean.......... 1
Deux Misères.......... 1
Au bord du Lac.......... 1

DE STENDHAL (H. BEYLE)
De l'Amour.......... 1
Le Rouge et le Noir.......... 1
La Chartreuse de Parme.......... 1
Promenades dans Rome.......... 2

Mme BEECHER STOWE
Traduction E. Forcade.
Souvenirs heureux.......... 3

E. TEXIER
Amour et Finance.......... 1

LOUIS ULBACH
Les Secrets du Diable.......... 1

OSCAR DE VALLÉE
Les Manieurs d'argent.......... 1

AUGUSTE VACQUERIE
Profils et Grimaces.......... 1

MAX VALREY
Marthe de Montbrun.......... 1
L'Amour à Paris et en province.......... 1

FRANCIS WEY
Les Anglais chez eux.......... 1

LAGNY. — Typographie de A. VARIGAULT et Cie.

En Vente, chez MICHEL LÉVY FRÈRES, Libraires-Éditeurs.

LE THÉATRE CONTEMPORAIN ILLUSTRÉ

CHOIX DES PRINCIPALES PIÈCES JOUÉES SUR LES THÉATRES DE PARIS.

IL PARAIT UNE OU DEUX LIVRAISONS PAR SEMAINE.
Chaque Livraison contient une Pièce. Prix : 20 centimes.

IL PARAIT UNE SÉRIE TOUS LES MOIS.
Chaque Série contient cinq Pièces. Prix : 1 franc.

CHAQUE PIÈCE SERA PUBLIÉE AVEC UN DESSIN REPRÉSENTANT UNE DES PRINCIPALES SCÈNES DE L'OUVRAGE.

PIÈCES EN VENTE :

1re SÉRIE. — PRIX : 1 FRANC.
Le Chiffonnier de Paris 20
La Closerie des Genêts 40
Une Tempête dans un verre d'eau
Le Morne au Diable 40
Pas de fumée sans feu . . . .

2e SÉRIE. — PRIX : 1 FRANC.
Trois Rois, trois Dames 20
La Marâtre 40
La Ferme de Primerose . . . .
Le Chevalier de Maison-Rouge . 40
L'Habit vert . . . .

3e SÉRIE. — PRIX : 1 FRANC.
Benvenuto Cellini 40
Frisette . . . .
Clarisse Harlowe 20
La Reine Margot 40
Jean le Postillon . . . .

4e SÉRIE. — PRIX : 1 FRANC.
La Foi, l'Espérance et la Charité. 40
Le Bal du Prisonnier . . . .
Hamlet 40
Le Lait d'ânesse . . . .
Hortense de Bicngie 20

5e SÉRIE. — PRIX : 1 FRANC.
Le fils du Diable 40
Une Dent sous Louis XV . . . .
Le Livre noir 40
Midi à quatorze heures . . . . .
La Petite Fadette 20

6e SÉRIE. — PRIX : 1 FRANC.
La Vie de Bohême 40
Graziella . . . .
La Chambre rouge 40
Un Jeune Homme pressé . . . . .
Le Docteur noir 20

7e SÉRIE. — PRIX : 1 FRANC.
Martin et Bamboche 40
Les deux Sans-Culottes . . . . .
Les Mystères du Carnaval 40
Croque-Poule . . . .
Une Fièvre brûlante 20

8e SÉRIE. — PRIX : 1 FRANC.
Bataille de Dames 20
Le Pardon de Bretagne 40
La Parure de Jules Denis . . . .
Paris qui dort 40
Paris qui s'éveille . . . .

9e SÉRIE. — PRIX : 1 FRANC.
Intrigue et Amour 40
Marchand de Jouets d'Enfants . .
Gentil Bernard 40
Jobin et Nanette . . . .
Le Collier de Perles 20

10e SÉRIE. — PRIX : 1 FRANC.
Le Bourgeois de Paris 20
Contes de la Reine de Navarre . . 40
Qui se dispute s'adore . . . . . .
Marie Simon 40
La Famille Poisson . . . .

11e SÉRIE. — PRIX : 1 FRANC.
Les Nuits de la Seine 40
Un Garçon de chez Véry . . . . .
Un Chapeau de Paille d'Italie . . 20
L'Oncle Tom 40
Chasse au Lion . . . .

12e SÉRIE. — PRIX : 1 FRANC.
Berthe la Flamande 40
Un Mari qui n'a rien à faire . . .
Le Testament d'un Garçon 20
La Chatte Blanche 40
L'Amour pris aux cheveux . . . .

13e SÉRIE. — PRIX : 1 FRANC.
Le Courrier de Lyon 40
Par les fenêtres . . . .
Le Roi de Rome 20
Un Mr qui suit les femmes 40
La Terre promise . . . .

14e SÉRIE. — PRIX : 1 FRANC.
Les Sept Péchés capitaux 40
La Fête de Martin . . . .
Le Sage et le Fou 20
Le Muet 40
Un Merlan en bonne fortune . . .

15e SÉRIE. — PRIX : 1 FRANC.
Les Quatre fils Aymon 20
Scapin . . . .
Un Premier Coup de canif . . . .
Roquelaure 50
Une Nuit orageuse . . . .

16e SÉRIE. — PRIX : 1 FRANC.
La Mendiante 40
La Tonelli . . . .
Les Avocats 20
Marianne 40
Une Charge de cavalerie . . . . .

17e SÉRIE. — PRIX : 1 FRANC.
Les Coulisses de la vie 40
Un Ami acharné . . . .
La Bergère des Alpes 40
Les Paniers de la Comtesse . . .
Marie ou l'Inondation 20

18e SÉRIE. — PRIX : 1 FRANC.
Les Sept Merveilles du Monde . . 40
Un Coup de Vent . . . .
Notre-Dame de Paris 40
Les Lundis de Madame . . . . . .
Le Château des Sept-Tours 20

19e SÉRIE. — PRIX : 1 FRANC.
Les Mystères de l'Été 40
Voyage autour d'une jolie femme .
Le Cœur et la Dot 40
Un Ut de Poitrine . . . .
Léonard le Perruquier 20

20e SÉRIE. — PRIX : 1 FRANC.
Les Sept Merveilles du No 7 . . . 40
L'Ami François . . . .
Les Enfers de Paris 40
Atala . . . .
La Nuit du Vendredi Saint 20

21e SÉRIE. — PRIX : 1 FRANC.
Les Cosaques 40
Un Monsieur qu'on n'attendait pas
Bertram le Matelot 40
L'Amour au Daguerréotype . . . .
Irène ou le Magnétisme 20

22e SÉRIE. — PRIX : 1 FRANC.
Les Mystères de Londres 40
Un Vilain Monsieur . . . .
Le Lys dans la Vallée 40
Un Homme entre deux Airs . . . .
La Forêt de Sénart 20

23e SÉRIE. — PRIX : 1 FRANC.
Catilina 40
Théodore . . . .
Le Voile de Dentelle 40
Les Fureurs de l'Amour . . . . . .
Les Folies dramatiques 20

24e SÉRIE. — PRIX : 1 FRANC.
La Comtesse de Sennecey 40
Edgard et sa bonne . . . .
Manon Lescaut 40
Les Mémoires de Richelieu . . . .
L'Ane mort 20

25e SÉRIE. — PRIX : 1 FRANC.
Le Vieux Caporal 40
Diane de Lys et de Camélias . . .
M. Joseph Prudhomme 40
Le Roman d'une Heure . . . . . .
Thérèse ou Ange et Diable 20

26e SÉRIE. — PRIX : 1 FRANC.
Paris qui pleure, Paris qui rit . . 40
Le Chêne et le Roseau . . . . . .
Les Orphelines de Valneige . . . 20
Marie-Rose 40
L'Ambigu en habits neufs . . . .

27e SÉRIE. — PRIX : 1 FRANC.
Un Notaire à marier 40
Les Rendez-Vous bourgeois . . .
L'Honneur de la Maison 40
Le Laquais d'Arthur . . . .
L'Argent du Diable 20

28e SÉRIE. — PRIX : 1 FRANC.
La Boisière 40
Quand on attend sa bourse . . . .
Le Ciel et l'Enfer 40
Souvent Femme varie . . . .
Gastibelza 20

29e SÉRIE. — PRIX : 1 FRANC.
Schamyl 40
Deux Femmes en gage . . . .
L'Armée d'Orient 40
Où passerai-je mes soirées ? . . .
Les Gaîtés champêtres 20

30e SÉRIE. — PRIX : 1 FRANC.
La Bonne Aventure 40
En bonne fortune . . . .
Gusman le Brave 40
Ce que vivent les roses . . . . . .
Les Oiseaux de la Rue 20

31e SÉRIE. — PRIX : 1 FRANC.
Le Prophète 40
Un Vieux de la Vieille Roche . . .
Échec et Mat 40
Mademoiselle Rose . . . .
Louise de Nanteuil 20

32e SÉRIE. — PRIX : 1 FRANC.
La Prière des Naufragés 40
Un Mari en 150 . . . .
Les 300 Diables 40
A Clichy . . . .
Harry-le-Diable 20

33e SÉRIE. — PRIX : 1 FRANC.
Boccace ou le Décaméron 40
Cerisette en prison . . . .
La Vie d'une Comédienne 40
Le Manteau de Joseph . . . . . .
Le chevalier d'Essonne 20

34e SÉRIE. — PRIX : 1 FRANC.
Georges et Marie 40
Sous un bec de gaz . . . .
Les Souvenirs de Jeunesse 40
York . . . .
Lully 20

35e SÉRIE. — PRIX : 1 FRANC.
Marthe et Marie 40
Une Femme qui se grise . . . . .
L'Enfant de l'Amour 40
Le Sourd . . . .
Le Marbrier 20

36e SÉRIE. — PRIX : 1 FRANC.
Les Oiseaux de Proie 40
Un Feu de cheminée . . . .
La Croix de Marie 40
Le Chevalier Jaquet . . . .
Hortense de Cerny 20

37e SÉRIE. — PRIX : 1 FRANC.
Paris 40
La mort du Pêcheur . . . .
Un mauvais Riche 40
Dans les vignes . . . .
Le Gant et l'Éventail 20

38e SÉRIE. — PRIX : 1 FRANC.
L'Histoire de Paris 40
Pygmalion . . . .
Salvator Rosa 40
Un Cœur qui parle . . . .
Le Vicaire de Wakefield 20

39e SÉRIE. — PRIX : 1 FRANC.
Les grands Siècles 40
Le Devin du Village . . . .
Le Donjon de Vincennes 40
Les jolis Chasseurs . . . .
Le Théâtre des Zouaves 20

40e SÉRIE. — PRIX : 1 FRANC.
Le Moulin de l'Ermitage 40
Les derniers Adieux . . . .
Le Gâteau des Reines 40
Une pleine eau . . . .
Aimer et mourir 20

41e SÉRIE. — PRIX : 1 FRANC.
Le sergent Frédéric 40
Le Duel de mon Oncle . . . . . .
La Florentine 40
Jeanne Mathieu . . . .
Le Songe d'une nuit d'hiver . . . 20

42e SÉRIE. — PRIX : 1 FRANC.
Les Noces vénitiennes 40
L'Héritage de ma Tante . . . . .
Le Sire de Framboisy 40
L'Homme sans Ennemis . . . . . .
La Chasse au Roman 20

43e SÉRIE. — PRIX : 1 FRANC.
Le Paradis perdu 40
En manches de chemise . . . . .
Les Maréchaux de l'Empire 40
Elodie . . . .
Lucie Didier 20

44e SÉRIE. — PRIX : 1 FRANC.
Le Masque de poix 40
L'Amour et son train . . . .
Joselyn le garde-côte 40
Le Bal d'Auvergnats . . . .
Le Démon du Foyer 20

45e SÉRIE. — PRIX : 1 FRANC.
Aventures de Mandrin 40
Dieu merci, le couvert est mis . .
L'Oiseau de Paradis 40
Si j'étais riche . . . .
Donnez aux pauvres 20

46e SÉRIE. — PRIX : 1 FRANC.
Le Médecin des enfants 40
Médée . . . .
Le Pendu 40
Mon Isménie . . . .
Les Fanfarons de vice 20

47e SÉRIE. — PRIX : 1 FRANC.
Marie Stuart en Écosse 40
Les Bâtons dans les roues . . . .
Le Fils de la Nuit 40
Les 7 Femmes de Barbe-Bleue . .
Un Roi malgré lui 20

48e SÉRIE. — PRIX : 1 FRANC.
Les Zouaves 40
Le Jour du Frotteur . . . .
Le Marin de la garde 40
Sous les Pampres . . . .
Un Voyage sentimental 20

49e SÉRIE. — PRIX : 1 FRANC.
Les Pauvres de Paris 40
As-tu tué le mandarin ? . . . . .
Les Parisiens 40
Schahabaham II . . . .
Les Piéges dorés 20

50e SÉRIE. — PRIX : 1 FRANC.
Jane Grey 40
La Bonne d'enfant . . . .
L'Avocat des Pauvres 40
Les Suites d'un premier lit . . . .
Les Toilettes tapageuses 20

51e SÉRIE. — PRIX : 1 FRANC.
Fualdès 40
Grassot embêté par Ravel . . . .
Cléopâtre 40
Les Toquades de Borromée . . . .
Rose et Marguerite 20

52e SÉRIE. — PRIX : 1 FRANC.
Jérusalem 40
Les Cheveux de ma femme . . . .
Le Secret des Cavaliers 40
Six Demoiselles à marier . . . . .
Le docteur Chiendent 20

53e SÉRIE. — PRIX : 1 FRANC.
La Reine Topaze 40
Le 66 . . . .
Le Château des Ambrières 40
Roméo et Mariette . . . .
L'échelle de Femmes 20

54e SÉRIE. — PRIX : 1 FRANC.
La fausse Adultère 40
Madame est de retour . . . . . .
La Route de Brest 40
Le Secret de l'oncle Vincent . . .
Croquefer 20

55e SÉRIE. — PRIX : 1 FRANC.
Les Gens de théâtre 40
Une Panthère de Java . . . .
Les Orphelins du pont N.-Dame . . 40
Le Jour de la Blanchisseuse . . .
Le Fils de l'Aveugle 20

56e SÉRIE. — PRIX : 1 FRANC.
Les Orphelines de la Charité . . . 40
La Rose de Saint-Flour . . . . . .
Le Pressoir 40
Fais la cour à ma femme . . . . .
Les Lanciers 20

57e SÉRIE. — PRIX : 1 FRANC.
Jean de Paris 40
Un Chapeau qui s'envole . . . . .
La belle Gabrielle 40
Zerbine . . . .
Les Princesses de la rampe . . . 20

58e SÉRIE. — PRIX : 1 FRANC.
L'Aveugle 40
Un fameux Numéro . . . .
Les deux Faubouriens 40
Polka et Bamboche . . . .
Dalila et Samson 20

59e SÉRIE. — PRIX : 1 FRANC.
Michel Cervantes 40
L'Opéra aux fenêtres . . . .
André Gérard 40
Une Soubrette de qualité . . . . .
Le Prix d'un Bouquet 20

60e SÉRIE. — PRIX : 1 FR.
Les Chevaliers du brouillard . . . 40
Le Roi boit . . . .
L'Amiral de l'escadre bleue 40
Vent du soir . . . .
Roméo et Juliette 20

61e SÉRIE. — PRIX : 1 FR.
Si j'étais roi 40
La Dame aux jambes d'azur . . .
Les Viveurs de Paris 40
La Médée de Nanterre . . . . . .
On demande un gouverneur . . . 20

62e SÉRIE. — PRIX : 1 FR.
La Bête du bon Dieu 40
Brin d'amour . . . .
William Shakspeare 40
Une minute trop tard . . . .
Le Télégraphe électrique 20

63e SÉRIE. — PRIX : 1 FR.
La Filleule du chansonnier 40
Pénicault le somnambule . . . . .
La Comtesse de Novailles 40
Avez-vous besoin d'argent . . . .
Un Enfant du siècle 20

64e SÉRIE. — PRIX : 1 FR.
Les Filles de marbre 40
Le Cousin du roi . . . .
Les Noces de Bouchencœur 40
Les Jeux innocents . . . .
L'Anneau de fer 20

Lagny. — Typographie de A. Varigault et Cie

www.ingramcontent.com/pod-product-compliance
Ingram Content Group UK Ltd.
Pitfield, Milton Keynes, MK11 3LW, UK
UKHW021049260726
13994UKWH00005B/2415

9 782019 976453